어둠 속
한 줌의 팝콘처럼

어둠 속

한 줌의

팝콘처럼

김미양 지음

"Once upon a time,

a girl lost in the dark

followed the scent of a warm meal······"

어둠 속에서 두려움을 감추고,
"Just enjoy the show."

_<머니볼> 속 '빌리'가 우적우적 씹는 이유는

Moneyball (2011)
베넷 밀러 감독
133분

두세 달의 짧은 기간 동안, 영화관에서 아르바이트를 한 적이 있다.

대학을 졸업하고도 일 년여가 지난 후였다. 아르바이트생 중 내가 가장 나이가 많았다. 만 나이로 스물넷. 지금와 생각하면 '고작' 스물넷이었을 뿐이지만, 당시에는 그 나이가 어마어마해 보였다.

라커룸에서 유니폼을 갖춰 입고, 머리망을 고정하고, 생기발랄한 색깔의 립스틱을 입술에 발랐다. 사무실 입구의 지문인식기에 엄지손가락을 갖다 대 출근 시간을 기록

했다. 삐빅, 소리를 확인하고 나면 사무실 문 옆에 달린 거울 앞에 서서 '안녕하십니까'를 세 번 외쳤다.

"안녕하십니까! 안녕하십니까! 안녕하십니까!"

나는 안녕하지 못했다. 거울에 비친 내가 낯설었다. 여긴 어디인가.

아르바이트를 하는 이십대 중반의 나를, 단 한 번도 상상해 본 적이 없었다. 오므라이스 전문점, 샤브샤브 뷔페, 빵집과 카페… 다양한 곳에서 아르바이트를 해 봤지만, 대학생일 때의 아르바이트와 대학을 졸업한 뒤의 아르바이트는 그 공기가 너무나도 달랐다. 신입인 나를 가르치며 난감한 기색을 내비치던 어린 선임들. 스스로가 한심하게 느껴졌다. 언제까지 여기서 일할 건지, 어디로 취업을 할 건지, 아무런 계획이 없었다. 아니 애초에, 내가 어쩌다 여기까지 오게 된 건지 그 이유조차 생각이 나질 않았다. 그야말로 길을 잃은 기분이었다.

연장자면 연장자답게 일이라도 멋지게 해냈으면 얼마나 좋았을까. 난 티켓 창구의 업무에 좀처럼 익숙해지지 못했다. 뭔 놈의 할인 제도가 그렇게나 많은지. 매점으로 파트를 옮기고 나서는 더 가관이었다. 라지 사이즈 콜라를 왈칵 엎질러버리기도 하고, 캐러멜팝콘을 튀기는 기계 안에 버터 팝콘 전용 옥수수알을 부어버리기도 했다.

그중에서도 가장 어려운 건 검표 업무였다.

당시 내가 일하던 곳은 상영관의 입구와 출구가 따로 구분되어 있었다. 영화가 끝나고 나면 직원이 출구 문을 열어줘야만 관객들이 나갈 수 있는 구조였다. 열몇 개의 관에서 서로 다른 영화가 상영되기 때문에, 각각의 영화가 끝나는 시간을 잘 살펴야 했다. 검표 담당자 두세 명이 나란히 복도 입구를 지키면서 입장을 안내하다가, 영화가 끝나기 5분 전이 되면 한 명은 상영관 안에 들어가 대기했다.

조심스레 입구 문을 열고 들어가 보면 스크린에선 아직 영상이 한창이다. 숨을 죽이고 어둠 속에 멈춰 선다. 영화가 끝나고 검은색이 스크린 전체를 뒤덮는 짧은 순간, 엔딩크레딧이 올라가기 시작하는 바로 그 직전의 찰나에, 누구보다 빠르게 계단을 뛰어 내려가야 한다. 출구 문을 벌컥 열어야 한다. 쏟아지는 빛. 그 밝은 곳을 향해 걸어 나가는 사람들. 그 모습을 확인하고 나면 다시 복도 입구를 지킬 차례다. 새로운 영화가 곧 시작될 것이므로.

사실 검표는 매점이나 매표에 비해 노동 강도가 낮은 업무였다. 아르바이트생 대부분이 이 일을 좋아했다. 몇 주에 걸쳐 상영되는 할리우드 블록버스터 영화들은 마지막 장면의 대사와 OST를 거의 외우다시피 했고, 19금 영화가 상영 중이면 몇몇 아르바이트생들은 일찌감치 안으로 들어가 대기하기도 했다. 하지만 내가 누구던가. 나는 그 단순한 일마저도 쉽게 적응하지 못했다.

통로 유도등 불빛에 의지해 계단을 내려가야 하는데, 마음만 급했지 눈앞은 컴컴하고 구두는 불편하고. 발을 헛디뎌 넘어질 뻔한 적이 한두 번이 아니었다. 심지어 그 일을 처음 맡았을 땐, 아예 문을 열지도 못했다. 몸을 기울여 무게를 실어서 앞으로 힘 있게 밀어야 한다는 걸 몰랐던 탓이다. 철컥철컥, 아무리 손잡이를 움직여 봐도 문은 묵묵부답이었다. 관객들이 우르르 내려오고, 머릿속이 하얘졌다. "와 우리 갇혔네" 누군가 키득키득 웃었다. 안절부절못하는 나를 대신해 관객 한 분이 손잡이를 밀자, 문은 거짓말처럼 쉽게 열렸다. 그 후로도 몇 번이나 동료 아르바이트생의 도움을 받아야만 문을 열 수 있었던 나는 정말이지, 모든 게 어설픈, 형편없이 나이만 먹어버린 스물네 살이었다.

영화관에서 위로가 되어준 유일한 존재는 팝콘이었다. 비틀비틀 녹초가 되었을 때쯤 매점으로 가서 CCTV의 사각지대에 숨어, 갓 튀겨 낸 캐러멜팝콘을 입에 넣었을 때의 그 황홀한 맛! 바삭바삭 부서지는 식감과 혀 안쪽까지 사르르 녹아드는 진하디진한 달콤함. 그 순간에는 정말, 취업이야 아무렴 어때 에라 모르겠다 그냥 여기서 쭉 일하련다, 라는 생각마저 들곤 했었다.

그리고 몇 주의 시간이 흘러 조금 숙달이 되어갈 무렵, 영화 <머니볼>이 개봉했다. 아르바이트생에게 주어지는 무료 관람 기회로 그 영화를 보게 되었다. 내 기준에 <머니볼>은 조금 이상한 영화였다. 내가 흔히 보아온 한국의 스포츠 영화, 협동심과 헝그리정신으로 똘똘 뭉쳐 팀의 승리를 위해 몸을 던지는 영화들과는 다르게, '트레이드'가 이야기의 중심이 된다. 선수들을 장기판 위의 말처럼 다루면서 돈으로 가치를 환산하고, 마음대로 배치하고 또 마음대로 상대편과 교환하고, 그런 방식이 낯설었다. 인간미가 느껴지지 않았다고 할까.

나는 한 손으로 턱을 괴고 무심하게 영화가 끝나기만을 기다리고 있었다. 하지만 어이없게도, 영화가 끝나기 3분

전 내 가슴속에 거대한 폭풍우가 일어나고 말았다. 눈물범 벅이 된 채로 비틀비틀 상영관을 빠져나왔다. 세상이 너무 밝았다. 바닥에 주저앉고 싶었다. 엉엉 소리 내 울고 싶었 다. 오직 단 한 곡의 노래 때문에.

영화의 마지막, '빌리'는 차를 몰고 가면서 CD 한 장을 플레이어에 집어넣는다. 딸 '케이시'가 직접 녹음해서 선 물한 것이다. 빌리가 플레이 버튼을 누르자, 아빠에게 인 사를 건네는 케이시의 목소리가 흘러나온다. 그녀는 기타 를 치면서 가녀린 목소리로 노래를 시작한다.

> 중간에 잠시 멈춰 서 있네
> 인생은 미로 사랑은 수수께끼
> 어디로 가야 할지 알 수가 없어
> 애써봤지만 혼자서는 해내지 못해
> 이유조차 모르겠어
> 난 그저 한순간에 길을 잃어버린
> 작은 소녀일 뿐[1]

---

1 머니볼 OST <The Show>, Lenka의 곡을 Kerris Dorsey가 커버했다.

바로 이 장면이다. 난 그저 한순간에 길을 잃어버린 작은 소녀일 뿐. 갑작스레 눈물이 쏟아졌다. 옆자리에 앉은 사람이 보거나 말거나 거의 통곡할 듯이 북받치는 설움을 어떻게 멈출 수가 없었다.

당시 <머니볼>이 어느 정도의 흥행 성적을 기록했는지, 얼마나 오래 상영했는지는 잘 기억나지 않는다. 다만 확실한 건, 내가 꽤 여러 번, <머니볼> 상영관의 출구를 열었다는 사실이다. 손목시계의 분침을 살피며 살금살금 입구로 들어가 어둠 속 스크린을 바라볼 때마다 빌리는 매번 CD를 틀었고, 매번 소녀의 노래가 흘러나왔고, 그 모든 장면을 뻔히 알고 있으면서도 나는 매번 속수무책으로, 입술을 깨물고 손가락 끝을 손톱으로 짓눌러 봐도 정말 매번, 울음을 터뜨리고 말았다는 사실이다.

스물네 살. 이십대 중반, 어쩌면 이십대 초반. 어떻게 소개하든 결코 '소녀'로 불릴 수는 없는 나이였다. 하지만 부끄럽게도 나는 열네 살 아이처럼 모든 것이 두려웠고, 어디로 가야 할지 알 수 없었고, 순수한 사랑에 목말라 있었다. 아직 단단히 여물지 못한, 너무나도 나약한, 그런 자신에 대한 연민에 빠져 나는 매번 눈물을 훔치고, 어둠 속을 걸어서 문을 열었다. 그러고는 관객의 눈을 피해 재빨리 화장실로 달려가 눈물자국을 지워냈다.

안녕하십니까. 2시 영화 맞으십니까. 머니볼 3관입니다. '솔' 톤의 인사말, 실수와 눈물, 그 사이사이에 놓인 몇 줌의 팝콘으로 요약될 수 있는 나의 아르바이트는 몇 달 만에 막을 내렸다.

그리고 서른이 되어서야, 김혜리 기자님의 에세이를 통해[2] 새로운 사실을 알게 되었다. '난 그저 한순간에 길을 잃어버린 작은 소녀일 뿐', 그 뒤에 내가 제대로 듣지 못한 부분이 남아 있었다.

몇 년만에 영화를 다시 보았다. 내가 보았던 그 방식대로 '트레이드'가 이루어졌고, 빌리가 옳았음이 증명되었다. 그가 플레이 버튼을 눌렀다. 곧 내가 기억하는 노래가 흘러나올 차례였다. 눈물은 여전했지만, 이번엔 마지막까지 자막을 놓치지 않았다.

---

2 『나를 보는 당신을 바라보았다』(어크로스, 2017)

나는 두려워. 하지만 나는 그걸 드러내지 않아.
(I'm so scared but I don't show it.)

시간을 거슬러 예전의 나로 되돌아간 듯한 착각이 일었다. 나는 상영관 안에 서 있었다. 어둠 속에서 눈물을 참으려고 입술을 꾹 깨물고 있는 나의 등 뒤로, 누군가 다가오는 것 같았다. 한걸음 뒤에서 나타난 따뜻한 손 하나가 나의 오른손을 잡고 이렇게 말하는 것 같았다.

울지 마. 어둠 속에선 누구나 두려워.

하지만 때로는, 두려움을 감춰야 할 필요도 있는 거야.

왜 예전엔 몰랐을까.

그때의 내가 눈물을 흘리는 대신 두 눈을 크게 뜨고 스크린을 또렷하게 응시했었더라면. 노래가 시작되자마자 조건반사처럼 끓어오르는 서러움을 가라앉히고 가사를 끝까지 살필 수 있었더라면.

왜 예전엔 보지 못했을까.

무언가를 우적우적 씹어대던 빌리의 모습을, 진지한 회의 중에도 입속의 잔해를 거침없이 퉤 뱉어버리던 그의 태도를.

설득과 협상의 순간마다 그는 무언가를 입에 넣었다. 선수 시절 긴장을 풀기 위해 씹어대던 습관[3]처럼, 견과류를 씹고, 팝콘을 씹었다. 그것들을 우적우적 씹고 뱉는 행동을 통해 그는 자신을 가로막는 반대와 싸우고 의심을 견뎌내고 있었다.

왜 예전엔 궁금해하지 않았을까.

"잘되든 못되든 밀어붙여 볼래."라고 말하던 그가 속에는 어떤 두려움을 숨기고 있었는지. 그 마음을 내가 조금만 더 일찍 알아챘더라면. 그랬다면, 얼마나 좋았을까.

그리하여 나는 쓰기 시작했다.

스쳐 지나가는 음식 장면 속에 미로 같은 삶에 대한 힌트가 숨어 있으리라 믿으며, 살피고 또 살폈다.

해외 한 번 나가보지 못한 청춘의 시기에 두 시간짜리 영화는 비행기 없이 떠날 수 있는 짧은 여행이었고, 스크린 너머 식탁에 놓인 익숙하면서도 낯선 음식들은 나아갈 방향을 일러주는 소중한 나침반이었다.

그 깨달음의 시간을 한 권의 책으로 엮어 보인다.

---

3   과거 메이저리거들 사이에는 '씹는 담배(chewing tobacco)' 문화가 있었고, 현재는 해바라기씨로 대체되었다고 한다.

아직 보지 못한 영화가 많고, 남아 있는 삶은 아득하다. 여전히 어둠은 예고 없이 찾아와 날 집어삼키지만, 이제는 안다. 누구나 두렵다는 사실을. 두려움을 드러내지 않고 더듬더듬 무언가에 의지하면서라도 우리는 어둠 속을 헤쳐나가야만 한다는 사실을. 이제는 너무도 잘 알고 있다.

당신이 컴컴한 어둠 속에서 홀로 계단을 내려가야 할 때, 발을 헛디딜까 덜컥 겁이 날 때, 어둠 속에서 문을 열어야 할 때, 때로 그 문이 쉽게 열리지 않아 힘에 부칠 때, 안전하게 어둠을 통과하고 굳게 닫힌 문을 활짝 열 수 있도록 당신의 한 발 앞에서 도와주는, 당신 곁에 머무는 희미한 유도등 같은, 그런 책이 되기를 바라며.

팝콘보다 더 고소하게
팝콘보다 더 달콤하게
우리의 삶을 위로해줄

영화 속 음식들로부터 키워낸 작은 불빛을,
그 따스한 온기를,
당신에게로 날려 보낸다.

Trailer

Act. I 덜 익어서
더 눈부신
청춘의 반짝임

Act. II   흔들림 속에 깊어지는 사랑의 향기

Act.III 그녀의 부엌이 내게 가르쳐준 것들

Act I.

덜 익어서 더 눈부신
청춘의 반짝임

"난 도망치지 않을 거예요!"

_나츠메, 일본 | 양과자점 코안도르

취하지 않고도 꿈꿀 수 있는 용기
_<싱 스트리트> 속 홍차와 비스킷

Sing Street (2016)
존 카니 감독
106분

십대 시절, 누구나 한 번쯤은 마음속에 불꽃 같은 열정을 품는다.

까닭 모를 설렘, 억압에 대한 분노, 현실의 균열을 감지한 생존 본능, 그 무엇으로 시작되었는지는 중요하지 않다. 붉은 마찰면에 머리를 긋는 작은 계기 하나로도 온몸을 불살라버리는 성냥처럼, 열정은 예기치 못한 순간에 불이 붙고 거침없이 타오른다.

혼자라면 찰나의 빛에 그쳤을 성냥도 친구를 만나면 힘이 세진다. 꺼지기 전에 불씨를 나누고 또 나누며 어둠을 몰아내고 오래도록 주변을 밝힌다. 그리고 때로는, 자신들을 꺼뜨리려는 손부채질이 일으킨 바람을 맞고 더 거센 불꽃을 일으키기도 한다.

나는 <싱 스트리트>의 주인공 '카너'를 보며 성냥을 떠올렸다. 이야기가 막 시작될 무렵의 카너는 성냥갑 안에 홀로 남겨진 성냥 한 개비처럼 외로워 보인다. 부모님이 다투는 소리를 배경음 삼아 자신의 방에서 홀로 기타를 치는 소년. 집안 형편이 어려워진 탓에 반강제적으로 전학을 가게 된 학교에서는 불합리하고 폭력적인 일상이 그를 기다리고 있다.

<싱 스트리트>는 그 작고 가느다란 성냥 하나가 얼마나 뜨겁고 찬란하게 타오를 수 있는지, 열정이 눈부시게 폭발하는 순간을 보여주는 영화다.

시작은 사소한 우연과도 같았다. 하굣길에 카너는 모델 지망생 '라피나'를 만나고 첫눈에 반한다. 그녀는 아직 불을 붙이지 않은 담배 한 개비를 입에 물고 서 있다. 카너는 그녀에게 다가가 묻는다.

"불 필요해?"
"아니, 끊으려고 노력 중이야."
"어차피 나도 불 없었어."

그리고 카너는 라피나에게 자신이 활동하는 밴드의 뮤직비디오에 출연할 것을 제안한다. 그녀를 다시 볼 기회를 만들기 위해 즉흥적으로 내뱉은 이 제안은 완벽했다. 단 하나, 그 '밴드'가 아직 존재하지 않는다는 사실만 빼면.

용감무쌍하게 시작된 이 밴드 만들기 프로젝트는 의외로 순항한다. 하나둘 사람이 모이고 제법 그럴싸한 구색을 갖추게 된 것은 물론, 형 '브렌든'의 조언에 힘입어 자작곡까지 만들게 된다. 나름대로 준비해 입은 형형색색의 밴드 의상은 어딘가 어설프고 우스꽝스러워 보이기도 하지만, 그것조차 매력적이다.

한 줄 한 줄 가사를 쓰고 기타 선율을 만들어 가며 완성한 노래가 늘어갈수록 카너의 눈빛은 점점 또렷해진다. 영화 초반의 주눅든 모습은 어느새 사라지고 없다. 학교에서, 그리고 무대 위에서, 그는 자신감 넘치는 모습으로 스스로 빛을 뿜어낸다.

네 인생이야 어디든 갈 수 있어

그 핸들을 잡아 네 거야

훔친 듯이 달려 달려

네 인생이야 넌 뭐든 될 수 있어

네 인생을 축제로 만들어

페달을 밟고

훔친 듯이 달려

훔친 듯이 달려[4]

<싱 스트리트>는 1985년, 오랜 경제 불황에 시달리던 아일랜드를 배경으로 한다. 그러나 카너가 사는 더블린에 대해 내가 아는 정보는 '기네스의 도시'라는 것뿐. 내가 태어나기 전의 시대를 재현한 이 영화 속 풍경은 내겐 낯선 시공간이다. 한 소년의 성장기가 내 가슴에 불을 지피는 동안 내가 기대했던 것은 오직 기네스, 경쾌한 음악을 안주 삼아 거품이 통통하게 쌓인 흑맥주를 꿀꺽꿀꺽 들이키는 장면이었다. 그러나 이 영화에서 '기네스'는 단 1초도 등장하지 않는다. 대신 다른 종류의 술들이 그 자리를 채운다.

---

4   싱 스트리트 OST <Drive It Like You Stole It>

카너가 아버지로부터 전학 통보를 받던 날, 가족이 둘러앉은 식탁 위에는 반쯤 먹다 남은 토마토 스파게티, 그리고 서로 다른 모양의 술병 두 개가 놓여 있다. 사각 위스키병은 아버지를 위한 술, 화이트와인은 어머니가 마시는 술이다.

카너가 살아냈던 그 시절에 좀 더 깊숙이 다가가고 싶어 술병의 생김새와 라벨 디자인을 유심히 관찰했다. 그리고 검색 끝에 모양이 비슷한 술들을 찾아냈다. '툴라모어 듀(Tullamore D.E.W)'와 '블루 넌(Blue Nun)'.

처음엔 단순히 80년대의 시대상을 표현하는 소품일 수도 있겠다고 생각했다. 내가 나의 유년을 묘사할 때 보리차가 담긴 '델몬트' 오렌지주스병, 어른들의 음료였던 'OB' 맥주, 엄마가 타 마시던 '테이스터스 초이스' 커피와 '프리마' 같은 상표를 떠올리는 것처럼 말이다.

그러나 어쩐지, 이 영화에서 술병들은 공간을 채우기 위한 소품이나 인물의 취향을 반영한 음료 그 이상의 의미를 갖는 듯하다.

가족들이 둘러앉아 웃으며 식사하는 화목한 가정의 풍경은, 이 영화에 없다. 건배가 없는 식탁. 방문을 틀어막아도 새어 나오는 부부의 고성. 서로 다른 두 개의 술병은 이미 멀어져 버린 부부 사이, 혹은 가족 간 소통의 부재를 상징하는 것은 아닐까. '집'은 카녀를 감싸줄 수 있는 든든한 울타리가 되지 못한다. 라피나가 처한 상황 또한 마찬가지. 알코올 중독자가 된 엄마는 그녀가 되고 싶지 않은 미래다.

하지만 '가끔 엄마는 무슨 생각할까 궁금해.'라고 말하는 형의 대사처럼, 이 영화는 부모를 원망보다는 연민의 시선으로 그려낸다.

온 가족이 TV 앞에 모여 'MTV' 채널 속 뮤직비디오에 열광할 때, 라이브도 하지 않는 저런 음악이 비틀즈를 뛰어넘을 수 있겠냐는 핀잔을 던지며 '툴라모어 듀'를 마시는 가장의 모습은 나를 멈칫하게 만든다.

"아빠 과거에만 머물러 있는 게 문제예요."
"이런 게 미래라면 우린 망했네."

1980년대 '툴라모어 듀'는 위스키 산업 전반의 침체 속에서 대기업에 소유권을 뺏긴 채 간신히 명맥을 유지하던 브랜드였다고 한다. 그러한 상황은 하루아침에 실직자가 되어버린 가장의 모습과 겹쳐진다. 시대는 변했고, 그가 설 자리는 없다.

카너의 엄마가 마시는 '블루 넌' 또한 그녀의 삶을 투영한다. 수녀 그림이 라벨에 그려진 독일산 화이트와인 '블루 넌'은 당시 아일랜드에서 대중적으로 큰 인기를 끌었다고 한다. 그녀가 젊었을 시절에는 파티 자리마다 빠지지 않고 이 술이 놓여 있었을 것이다.

세 아이의 엄마가 된 그녀는 퇴근 후 저녁 무렵, 현관 앞에서 마지막 한 줌의 햇볕과 함께 와인을 마신다. 80년대 후반에 이르러 '블루 넌'은 '와인 좀 마셔 본' 사람들 사이에서는 촌스러운 와인으로 여겨지게 되지만, 그녀는 자신의 입맛을 더 고급 취향으로 바꾸지는 못할 것이다. 이 와인은 그녀가 자신에게 허락한 유일한 사치였을 테니까.

이 영화에서 술은 '냉랭한 현실을 이미 알고 체념해버린' 어른들의 음료 같다. 시대의 뒤꼍으로 물러난 어른들은 집에 머무른다. 그들의 곁에는 늘 술이 함께한다.

한편, 소년과 소녀가 자유롭게 꿈을 이야기하는 장소는 집이 아닌 바깥 공간이다. 뮤직비디오의 배경이 되는 어느 뒷골목에서, 항구에서, 바다가 내려다보이는 언덕에서, 벤치에서, 그들은 현실의 두려움을 고백하면서도 미래를 상상하길 멈추지 않는다. 그리고 이들은 술이 아닌 다른 음료를 마신다.

작은 보트를 몰고 해안가의 언덕에 정박한 카너와 라피나. 저 멀리에서는 영국행 여객선이 바다를 가르며 먼 곳으로 나아간다. 카너는 자신이 쓰고 있는 가사의 내용을 설명한다. 라피나는 체크무늬 보온병에 담긴 차를 따라 그에게 건넨다. 둘은 동그란 비스킷을 쪼개어 나눠 먹는다. 새로 찍게 될 뮤직비디오 내용을 상의하던 둘의 눈빛이 어느 순간 진지해지고, 그들은 첫 입맞춤을 나눈다.

담배를 피우고 싶은 마음도 없이 담배를 입에 물고 있던 라피나와 카너의 첫 만남이 강렬한 인상을 남겼다면, 소풍하듯 담요를 펼쳐놓고 앉아 따뜻한 차 한 잔과 비스킷을 나눠 먹는 이 장면은 마음에 은은한 잔상을 남긴다. 그들에게 없던 '불'을 서로의 눈동자 속에서 발견한 순간이기 때문일 것이다.

영화의 마지막, 둘은 다시 보트에 올라탄다. 목적지는 영국 땅이다. 그들이 가진 것이라고는 모델이 되기 위한 포트폴리오와 자작곡이 담긴 테이프뿐. 망망대해 위에 띄워진 작은 종이배처럼 두 사람은 겁 없는 도전을 시작한다. 앞으로의 희망찬 미래를 암시하듯 이 둘의 머리 위로 밝은 햇살이 내리쬐었을까? 오색찬란한 무지개가 떠올랐을까? 아니다. 지금까지의 모든 내용을 배신하듯 먹구름이 찾아오고, 거센 빗줄기가 쏟아진다. 이들이 만들어 낸 총천연색 뮤직비디오와 달리 지금 헤쳐나가야 할 바다는 흑백에 가깝다.

폭풍우 내려치는 회색빛 바다를 작은 보트 하나로 건너려는 어린 남녀의 모습은 가족의 품을 벗어나 타지로 떠나온 나의 지난 시절을 되살려 놓는다. 그 시절을 지나온 사람들은 누구나 알 수 있다. 그 후의 삶이 마냥 밝지만은 않다는 걸…….

하지만 그들은 웃고 있다. 비와 파도가 온몸을 흠뻑 적셔도 앞을 바라보며 미소를 짓는다. 그들을 부러움과 그리움이 뒤섞인 눈으로 응시하던 나는 어느새 그들과 하나가 된다.

흔들리는 배, 울려 퍼지는 노래가 가슴을 울린다.

모든 게 무너지더라도

목표를 정했으면 끝까지 가봐야지

그게 인생인 걸

Now say go on and on and on……[5]

집을 벗어나 먼 곳으로 떠나는 것만이 정답은 아니라는 걸 안다. 실직자가 되어버린 아버지도, 평생 바라던 여행은 가보지 못한 채 술 한 잔으로 하루의 시름을 달래는 어머니도, 문밖을 나서는 것조차 힘겨운 도전이 되어버린 형도, 감히 누가 평가할 수 없는 삶이다. 폭우가 바다 위에만 내리는 것은 아니니까. 어떤 길을 택하든 사람은 저마다의 바람과 시련을 견디며 하루하루를 건너기 마련이니까.

그럼에도 불구하고, 불완전했던 둥지를 떨치고 나와 낯선 땅으로 향하는 배에 시동을 거는 이 불타는 청춘에게 나는 마음을 뺏기고 만다. 어서 와서 이 불씨를 나눠 가져가라고 온몸으로 외치는 소년의 모습을 그 누가 외면할 수 있을까.

5　Adam Levine <Go Now>

취하지 않고도 현실 너머의 삶을 꿈꿀 수 있다는 건 그 시절에만 누릴 수 있는 특권이 아니라 누구나 가질 수 있는 용기일지도 모른다. 아직 느껴보지 못한 맛만큼이나 겪어보지 못한 시련도 많아 두려울 것이 없었던, 비스킷 가루가 묻은 첫 키스처럼 순수하고 아름다웠던 그때의 열망을 잊지 않는다면 말이다.

한 번도 쓰지 않은 성냥보다는 검게 그을리고 휘어진 성냥이 더 아름답다. 어차피 성냥의 존재 이유는 불타기 위한 것. 이미 식어버린 마음을 다시 데우고 싶다면, 내 안에 남은 불씨를 되찾고 싶다면, <싱 스트리트>를 보자.

위스키도 와인도 기네스도 아닌, 홍차와 비스킷을 옆에 두고서.

삶의 길모퉁이에서 난 도망치지 않아

_<양과자점 코안도르> 속 가나슈 케이크와 '르나르'

洋菓子店コアンドル / Patisserie Coin De Rue (2011)
후카가와 요시히로 감독
115분

내 어릴 적 꿈은 작은 케이크 전문점을 여는 거였다.

영화 <싱 스트리트>에서 MTV 속 듀란듀란의 뮤직비디오가 카너를 음악의 세계로 이끌었다면, 나에게는 EBS '꼬마 요리사'라는 영웅이 있었다. 방과 후 메모지와 연필을 끌어안고 방송을 기다리던 시간, 밀가루와 설탕 같은 단어를 받아 적기만 해도 가슴이 뛰었다. 요리는 만화보다 더 좋은 볼거리였다.

그 관심이 꿈으로 또렷해진 건 중학교 2학년 때였다. 친척 집에서 잡지를 들춰보다 사진 한 장을 마주한 순간에.

그건 서울의 어느 여대 앞 카페에서 판다는 딸기타르트였다. '타르트'라는 낯선 이름의 과자 위에 빼곡하게 얹어진 붉은 딸기들이 보석처럼 반짝반짝 빛나고 있었다. 그건 우리 가족이 생일마다 단골 빵집에서 사 먹었던 딸기 모양 젤리 하나 얹어진 케이크와는 전혀 다른 세계였다. 심장이 쿵쾅거렸다. 도저히 페이지를 넘길 수가 없어 한참을 바라만 보다가, 결국은 잡지를 몰래 찢어 책가방에 넣어 집으로 가져왔다.

용돈을 모아 요리책을 사고, 핫케이크 가루를 바죽해 생선 그릴에다 쿠키를 굽고 밥솥으로 케이크를 만들었다. 조리과가 있는 고등학교에 진학해 '진짜' 오븐에 굽는 케이크를 배웠다. 집에는 여전히 오븐이 없었지만, 꿈은 나날이 더 크게 부풀었다. '르 꼬르동 블루'와 '동경제과학교' 정보가 실린 잡지 페이지를 찢어 부모님 몰래 소중히 간직했다.

스무 살이 되어, 고향인 제주도를 떠나 육지에서 시작한 대학 생활은 내게 해외 유학 못지않은 도전이었다. 하지만 설렘도 잠시, 더 넓은 세상은 나라는 존재가 얼마나 보잘것없는지 그 쓰디쓴 현실을 맛보게 해주었다.

그래, 시골 출신 '나츠메'가 도쿄의 양과자점 '코안도르'에서 처음 느꼈을 바로 그 감정처럼.

영화 <양과자점 코안도르>에서 나츠메는 한 손에 가이드북을 들고, 다른 한 손으로는 캐리어를 끌며 주변을 두리번거리는 모습으로 처음 등장한다. 고향 '가고시마'에서 결혼을 약속했던 연인의 행방을 찾기 위해 막 도쿄로 올라온 참이다.

이곳저곳 길을 헤매던 나츠메는 마침내 양과자점 '코안도르' 간판을 찾고 기뻐한다. 그러나 연인의 편지 속에 적혀있던 말과 달리 그는 지금 여기에 없다. 그와 연락할 방도를 찾지 못한 나츠메는 다시 만나게 될 때까지 '코안도르'에서 일하며 기다릴 결심을 한다. 사장은 초짜를 고용할 여유가 없다며 단칼에 거절해 버리지만, 그녀는 주눅든 기색 없이 당당하다.

"저 초짜 아니에요! 아버지를 도와서 우리 가게 케이크 다 제가 만들었어요."

나츠메는 자신의 실력을 증명해 보이기 위해 케이크를

만들기 시작한다. 스펀지케이크 위에 가나슈 크림을 바르
는 신중한 손길, 스패츌러에 닿는 케이크 표면을 향해 고
정된 동그란 눈동자.

하지만 역시나. 숨죽인 시간 끝에 완성된 케이크는 보
잘것없다. 스펀지케이크 사이에 가나슈 크림을 샌드하고
다시 전체를 같은 크림으로 덮은, 그리고 여덟 등분한 조
각마다 체리 장식을 올린 케이크. 디자인도 촌스럽고 맛도
평범해 보인다. 옆면을 보면 크림이 발린 상태도 매끄럽지
못하다.

**"네 케이크를 맛있게 먹어주는 곳으로 가. 찾아보면 얼
마든지 있을 거야. 우린 크리스마스 세일용 케이크는 안
팔거든."**

사장은 나츠메를 테이블에 앉히고 심장에 쿡 박히는 말
과 함께 양과자 하나를 내어준다.

울상이 된 나츠메가 마주한 것은 원통형의 작은 캐러멜
무스케이크. 나츠메는 포크로 무스케이크를 떠서 입에 넣
는다. 오물오물 맛을 음미하는 순간, 찌푸려져 있던 미간
이 싹 펴지면서 그녀의 표정이 달라진다.

"맛있어…."

불어로 코안도르(Coin De Rue)는 '길모퉁이'를 뜻한다고 한다. 그러니까 양과자점 코안도르의 의미는 길모퉁이에 있는 과자점. 고급 케이크를 저렴하게 판매하기 때문에 형편이 별로 좋지 않다는 사장의 설명처럼, 양과자점 코안도르는 누구나 쉽게 방문할 수 있는 길가의 작은 빵집 같은 소박함을 지향했을지도 모른다.

그러나 사투리 가득한 남쪽 지방에 태어나 오랫동안 도시살이를 꿈꿔온 나는 알 수 있다. 밀푀유, 카시스 프로마쥬, 타르트 루발브 프레이즈 같은 낯선 이름들이, 쇼케이스 안에 보석처럼 진열된 색색의 양과자들이 적어도 '우리'의 눈에는 전혀 소박하게 보이지 않는다는 사실을. '길모퉁이'라는 상호는 기만이다. 도쿄에서는 길가의 어느 가게를 들어가든 다 이 정도는 해, 라는 위압감마저 느껴진다.

심플하면서도 고급스러운 디자인, 입안에 느껴지는 매끄러운 감촉. 아기 주먹만 한 양과자 하나에 케이크 한 판보다도 더 진한 풍미가 압축되어 있다는 걸 깨달았을 때, 나츠메는 얼마나 큰 충격을 받았을까. 우물 안 개구리처럼 살았던 자신의 한계를 실감했으니 이제는 고향으로 돌아가야 할 시간이었다.

그런데 웬걸, 나츠메는 '코안도르'에서 기술을 배우고 싶다며 고개를 숙인다.

"폐가 안 되게 열심히 할게요. 일하게 해주세요. 부탁 드려요."

고등학생 시절, 나는 같은 반 친구들이 따라 하지 못하는 '체크무늬 파운드케이크' 같은 것도 뚝딱뚝딱 구워낼 수 있었다. 이론이 빠삭해 조리기능사 시험도 반에서 가장 먼저 합격한 모범생이기도 했다. 그런데 대학 수업은 차원이 달랐다.

'밀푀유'나 '쇼콜라 퐁당'처럼 귓가를 간지럽히는 휘파람 소리 같은 달콤한 이름들의 세계에 드디어 들어섰는데, 막상 내 손에서 탄생한 결과물은 어설프기 그지없었다. '체크무늬 파운드케이크' 같은 건 더는 자랑거리가 되지 못했다. 생크림이 매끄럽게 발리지 않은 케이크나 제대로 부풀지 않고 꺼져버린 수플레를 보면 울고 싶어졌다.

내가 원해서 얻은 배움의 기회임에도, 나는 가르쳐달라는 말을 잘 하지 못했다. 부족함과 무지를 인정하는 게 부끄러웠다. 그러면서 인터넷으로는 더 화려하고 고급스러운 과자들을 찾아 헤맸다. 나의 영웅은 EBS '꼬마요리사'에서 피에르 에르메, 츠지구치 히로노부, 사다하루 아오키로 바뀌어 갔다. 그들의 매장에서 판다는 보석 같은 과자 사진들을 볼 때면, 잡지 속 딸기타르트를 처음 본 열다섯 살 소녀처럼 가슴이 속절없이 두근거렸다.

현실의 나는 아직 마카롱 한 알도 제대로 굽지 못하는데, 이곳 너머에는 더 큰 세상이, 또 그 너머에는 더 큰 세상이 놓여 있었다. 아무것도 아닌 내가 싫어서 도망치고 싶었다. 내가 선 땅은 초라했고, 도약하고 싶어도 날개가 없었다.

그런데 나츠메는 나와 달랐다. 부끄러움 없이, 배우고 싶다고 가르쳐 달라고 말한다.

"가고시마로 돌아가."
"못 가요! 아니, 안 가요! 난 도망치지 않을 거예요!"

난 도망치지 않을 거예요.
자신을 막아서는 일이 생길 때마다 나츠메는 이렇게 외

친다.

가게 이름에 먹칠하지 말라'는 말을 듣기도 하고, 'O점'이라는 가혹한 평가를 듣기도 하지만, 그녀는 포기하지 않는다. 조금 돌아가야 하는 모퉁이를 만날지언정 그걸 '벽'으로 오해하고 돌아서는 일은 결코 하지 않았다.

영화 초반에 등장했던 캐러멜 무스케이크를 다시 떠올려 보자.

나츠메의 마음을 사로잡은 이 양과자의 이름은 '르나르(Renard, 여우)'. 영화에서 직접적으로 언급하지는 않지만, 견과류와 오렌지 콤포트가 들어간 초콜렛 무스 표면을 캐러멜 글라사주로 감싸 코팅한 케이크라고 한다.[6]

어떤 양과자는 이름만으로도 맛을 짐작할 수 있다. 위에 올려진 재료가 맛에 대한 힌트가 되기도 한다. 하지만 그게 전부는 아니다. 포크로 푹 떠서 내 입에 넣어보기 전까지는 그 맛과 향을 다 상상할 수 없는 양과자도 있다. 섬세한 손길과 수많은 공정을 거쳐 탄생한 맛의 조합을 안에 숨겨놓고서 비밀스러운 겉모습으로 단장하고 있는 건, 양과자가 지닌 매력 중 하나다.

---

6 전통적인 양과자가 아니라 이 영화를 위해 특별히 개발한 메뉴인 것으로 보인다. 영화 개봉 당시 협력한 제과점에서는 이 캐러멜 무스 '르나르'를 맛볼 수 있었다고 한다.

그리고 그건 나츠메의 성장기와도 닮아있다. 그녀가 르나르를 맛본 순간 느낀 것은 자신이 만든 가나슈 케이크의 초라함이 아니라, 르나르 안에 담긴 무수한 공정이었다. 그녀는 기존과 다른 것을 만들어 내기 위해선 기존과 다른 노력이 필요함을 알았다. 그 과정을 몸으로 직접 부딪히며 겪어내고자 했다. 그 배움의 과정 자체가, 달콤쌉싸름한 무스 안에서 숨겨진 향긋하고 새콤한 오렌지 풍미를 맛보는 일처럼 즐거웠을 것이다.

꾸준히 실력을 키우고 모두가 만류하던 '만찬회' 미션까지 성공적으로 마친 나츠메에게는 이제 새로운 길이 열렸다. 그녀는 유학이라는 도전을 시작한다. 영화 초반, 가이드북에 의지해 낯선 도쿄의 골목을 헤매며 '코안도르'에 다다랐던 그녀는 마지막 장면에서 똑같은 옷차림으로 앞을 향해 걸어 나간다.

카메라는 그녀의 뒷모습을 오래 비춘다. 손에는 캐리어가 하나 늘었다. 길은 전보다 넓어졌고, 나아갈 곳의 풍경은 더 아득해졌다, '이쪽인가? 맞나…'하는 불안한 중얼거림 없이, 그녀는 확신에 찬 모습으로 발걸음을 내디딘다.

내가 다 가보지 못한 길 위를 그녀가 뚜벅뚜벅 걸어가고 있다. 나의 지난날, 이루지 못하고 꺼져버린 꿈이 떠올라 가슴 한 켠이 아려온다. 나도 이제는 그녀처럼 도망치지 않고 앞으로 나아갈 수 있을까.

화려한 케이크는 몇 번 굽다 포기해 버렸지만, 그녀의 우직한 태도만은 숙달될 때까지 여러 번 연습해 보자고. 넘어설 수 없는 벽을 만났다고 해서 자신을 미워하지는 말자고. 오븐 앞에서 기도하는 사람처럼, 나는 가만히 가만히 그녀의 뒷모습을 들여다본다.

어떤 불길은 허기를 달래고

_<헝거> 속 징징이 국수

●

คนหิว เกมกระหาย / Hunger (2023)
시티시리 몽콘시리 감독
145분

미식의 시작은 불꽃으로부터 왔다.

불을 발견하고, 불을 다루는 법을 터득하면서 인간은 요리하는 존재로 거듭났다.

<헝거>, 이 영화는 화려한 미식의 세계를 비춤과 동시에 내면의 허기가 어떤 일그러진 욕망을 탄생시키는지를 보여주는 작품이다.

태국의 어느 골목, 뜨거운 불길이 올라오는 화구 앞에 한 여자가 서 있다. 그녀 이름은 '오이'. 날렵한 손놀림으

로 웍을 흔들며 볶아낸 '팟시이우'는 그녀의 특기이자 이 식당의 대표 메뉴다. 매일 더위와 씨름하며 불향 가득한 국수를 볶아내는 그녀 덕분에 많은 이들이 이곳에서 허기를 해결하고 돌아간다. 그러나 사실 그녀는 지쳐 있다. 낡은 국수 가게를 가업으로 이어받는 건 맏이로서 짊어진 의무였을 뿐, 그녀 안에서는 다른 삶을 향한 갈망이 조용히 끓어오르고 있었다.

그러던 중, 새로운 세계로의 초대장이 날아든다. 파인다이닝의 신이라 불리는 셰프 '폴' 밑에서 일할 기회를 얻게 된 것이다.

"평범한 사람이 되고 싶나요? 아니면 좀더 특별한 사람이 되고 싶나요?"

폴이 이끄는 키친 '헝거'의 소개 문구는 은밀하게 그녀를 유혹한다. 소셜미디어에 가득한 '헝거' 후기와 폴을 향해 쏟아지는 찬사를 읽는 동안 오이의 눈에는 생기가 돌기 시작한다. 그녀는 다 해져버린 운동화를 신고, 모든 것이 거울처럼 번쩍거리는 폴의 주방으로 발을 들여 놓는다.

'헝거'에서의 첫날, 오이에게 주어진 과제는 A5 등급의 와규를 얇게 썰어 연하게 굽는 것이다. 뜨거운 웍 안에 던져진 소고기 한 장을 완벽하게 구워내기 위해서는 불길을 응시하며 찰나의 붙잡을 수 있어야 한다. 팟시이우를 볶을 때보다 불길은 더 높고 거칠게 치솟는다. 셰프 폴은 계속해서 오이를 몰아세우고, 불꽃은 그녀를 집어삼킬 듯이 혀를 날름거린다. 이 불을 이겨내야만 자신이 특별해질 수 있다는 걸 깨달은 그녀는 밤을 지새우며 연습을 거듭한다. 그렇게 완성해 낸 고기 한 점. 그 대가로 그녀의 두 팔에는 불에 덴 흔적이 남는다.

한편, 폴이 창조하는 미식 세계는 아름답다기보다는 다소 기이하다. 값비싼 옷을 차려입은 상류층 사람들은 그가 준비한 식탁 앞에서 굶주린 포식자처럼 음식을 탐닉한다. 입 주변에 붉은 소스를 묻히는 것도 모자라 혀로 접시 바닥을 핥는 사람들. 그 모습은 피가 뚝뚝 떨어지는 짐승의 사체를 베어 문 듯 공포스럽기까지 하다.

먹은 흔적이 지저분하게 남을 수밖에 없는 폴의 요리들은 사실 상류층 식탁을 향한 그의 조소이자 복수였다. 가정부의 아들이었던 그는 부자들의 식탁을 늘 지켜만 보며 자랐다. 반짝이는 검은 구슬 같은 캐비아가 궁금했던 어린 폴이 실수로 캐비아 병을 깨뜨린 탓에, 어머니는 그 값을

변상하기 위해 더 큰 노동을 감내하게 된다. 그때부터 소년은 셰프를 꿈꿨다. 그의 요리를 맛보기 위해 부자들조차 무릎 꿇고 머리를 조아리는 셰프. 그가 이뤄낸 자리는 상처로 쌓아 올린 왕좌였다.

그러한 폴이 병실에 입원하고 입맛을 잃자, 오이는 직접 만든 '징징이 국수'를 들고 병문안을 간다. 하지만 되돌아오는 건 그의 비웃음뿐이다.

"볶음면이네. 이런 평범한 음식이 뭐가 좋아?"

"우리 할머니의 '징징이 국수'예요. 아빠가 어릴 때 아프면 울고 투정을 부렸대요. 입도 짧았고요. 할머니는 냉장고에 있는 재료들을 털어서 이것저것 다 넣고 볶았대요. 아빠를 달래려고요. 근데 맛있어요. 사랑을 담아 만든 거니까요."

"사랑이 담긴 요리라고? 가난에서 못 벗어나는 사람들이 그런 식으로 포장하지. (…) 네가 먹는 음식은 네 사회적 지위를 뜻해. 사랑이 아니라."

이 순간 나는 캐비아 병을 깨뜨린 소년과 나이가 비슷했을 어린 시절로 되돌아갔다.

초등학교 1학년 소풍 날, 우리는 잔디밭 위에 둥글게 모여 앉았다. 마흔 명 남짓한 아이들 모두가 설레는 얼굴으로 도시락 뚜껑을 열었고, 선생님은 그 안에 든 김밥을 일일이 살폈다. 그러고는 반장 친구의 김밥 하나를 입에 넣으며 이렇게 말했다.

"우리 반에서는 ○○이 어머님이 자식을 가장 사랑하시는구나. ○○이 김밥에만 소불고기가 들어가 있네."

그때 내가 느낀 감정의 이름은 무엇이었을까. 맹세코, 내 도시락이 초라하게 느껴진 건 아니었다. 새벽 일찍 일어나 엄마가 싸준 김밥에는 아직도 고소한 참기름 향이 피어오르고 있었다. 그 안에는 햄과 달걀, 맛살, 내가 좋아하는 재료가 가득했다.

그러나 그 어린 날의 기억이 아직도 이렇게 또렷한 걸 보면, 재료에 따라 사랑에도 등급이 매겨질 수 있다는 현실을 체감한 그 순간에 내 안에는 돌이킬 수 없는 균열이 생겨나버린 걸지도 모르겠다.

이후 중학생이 되고 고등학생이 되면서, 우리 집 형편은 예전과 달라졌다. 급식비를 밀리는 일이 잦았고, 한 친구는 탕수육을 사주며 '먹어본 적은 있지?'라고 물었다. 운

동화 브랜드를 따지며 무리를 가르는 반 친구들 사이에서 나는 점점 더 움츠러들었다.

내 인생에서 꿈이 가장 선명했다고 자부하는 시기, 돌이켜 보면 그때 나는 내 인생 가장 많은 결핍을 안고 있던 사춘기 소녀였다. 내가 품었던 소중한 꿈은, 결핍 사이로 고개를 들고 타오르기 시작한, 특별해지고 싶다는 욕망에 불과했던 것일까.

그렇게 나는 대학에 입학했다. 당장 눈앞의 기술을 익히는 것보다는 내 손이 닿지 않는 저 먼 곳을 바라보는 데 더 많은 시간을 소비했다.

졸업이 가까워질 무렵에는 공모전에 매달렸다. 문서 몇 장으로 트렌디한 음식, 팔리는 음식의 이미지를 만들어 내는 건 요리보다 쉬웠다. 손에 쥐어지는 상장은 달콤했고, 이건 적어도 내가 재능 있는 분야인 것 같았다. 어느 날 종강 후 뒤풀이 자리에서 교수님은 내게 이렇게 말씀하셨다.

"이 친구는 눈 안에 불꽃이 있네."

그때는 칭찬인 줄 알았던 그 말. 어쩌면 교수님은 내 안의 불길이 엉뚱한 방향으로 타오르고 있다는 걸 이미 눈치채고 계셨던 게 아닐까.

불꽃을 지닌 또 다른 청년, 오이는 투자자를 만나 레스토랑을 열게 된다. 그 이름은 'FLAME(불꽃)'. 이제 더 높은 곳으로 향하는 불 앞에 선 그녀에게 쌀국수를 볶던 과거, 몸에 배어 있던 냄새는 지워내고 싶은 가난의 흔적이 된다. 그녀의 웍 위로 불길이 치솟는 몇 몇 장면은 특수효과나 CG를 쓰지 않았을까 짐작될 정도로 비현실적이다. 그 과장된 불의 이미지를 통해 영화는 점점 더 뜨거워지는 그녀 안의 열망을 그려낸다.

영화의 마지막 하이라이트는 사교계 유명 인사의 파티에서 벌어지는 폴과 오이의 요리대결이다. 폴은 소 한 마리를 통째로 불태우는 퍼포먼스를 선보이고, 두 사람 사이에 놓인 불꽃은 그 둘의 키보다 더 높은 하늘을 향해 타오른다.

이 뜨거운 싸움에서 승리하기 위해 오이가 준비한 요리는 뜻밖에도 '징징이 국수'다. 그녀는 소시지와 노란 두부 같은 태국의 가정식 식재료를 꺼내놓는다. 그건 그녀가 폴의 주방에서 구웠던 최고급 와규와는 확실히 달라 보인다. 오히려 내게 익숙한 김밥 속 재료, 햄과 맛살, 그리고 달걀의 색을 닮았다. 그 평범한 재료들이 웍 안에서 면과 함께 볶아지기 시작할 때, 불 위로 소환되는 것은 지워내고 싶은 가난이 아니라 사랑의 기억이다. 그녀는 조용히 미소 짓는다.

그렇게 그녀가 피워올린 향기는 사람들의 마음을 사로잡지만, 잠시뿐이다. 관심은 곧 폴에게로 돌아간다. 사람들은 그의 요리가 '라면수프 탄 수돗물'임을 알지 못한 채, 황금빛 액체가 성수라도 되는 양 두 손으로 받들어 마시고 감탄을 내뱉는다.

영화의 결말, 아무도 넘볼 수 없는 절대 왕좌 같았던 폴의 시대는 범법 행위가 밝혀지면서 한순간에 무너진다. 사람들은 폴이 아닌 오이를 숭배하기 시작한다. 오이는 승리의 기쁨이 아닌 허무의 눈물을 흘린다. 무엇을 위해 이렇게 달려온 것일까. 그녀는 국수 가게로 되돌아간다. 이 모든 이야기의 시작점이자 그녀의 가족이 있는 곳으로.

이 영화의 태국어 원제를 영어로 풀면 'Hungry People, Hungry Game'이라고 한다.

오이와 폴, 두 인물의 서사와 맞물려 표현되는 미식 세계의 허상과 '굶주린 자들의 게임'은 보는 이에게 씁쓸한 뒷맛을 남긴다. 하지만, 더 나은 음식을 맛보고 싶다는 욕망 자체는 죄악이 아니라 인간의 타고난 본능이지 않을까.

문제는, 내가 '진짜' 원하는 음식이 무엇인지 그걸 알기가 쉽지 않다는 것.

십몇 년 전, 친구들과 서울의 레스토랑을 방문한 적이 있다. 지금은 TV를 통해 널리 알려진 파인다이닝 셰프가 운영하는 공간이었다. 학교에서 배운 것보다 몇 배는 더 고급스러운 요리들이 테이블에 놓였다. 그곳에 가기 위해 몇 달 동안 돈을 모았고, 서울로 가는 내내 소풍 전날의 아이처럼 두근거렸지만, 막상 입안에 음식을 넣은 순간 행복은 거품처럼 사그라들고 말았다. 푸아그라, 트러플, 그리고 처음 보는 재료들. 내 혀는 그 맛을 음미하지 못하고 잔뜩 긴장한 채 이리저리 헤매기만 했다.

지금도 가끔은 궁금하다. 내 지갑이 더 두꺼웠다면, 내게 파인다이닝의 식탁에 몇 번 더 앉아 볼 기회가 있었더라면, 나는 지금쯤 그 맛을 즐기는 사람으로 성장했을지.

하지만 나는 오이처럼 회귀의 서사를 택했다. 화려한 미식의 세계가 아닌 우리 집 가정식에서, '보통의 식사'에서부터 출발해 나의 세계를 창조해보고 싶어졌다. 대학 졸업 후 어느 날, 도서관에서 펼쳐 본 백석의 시 구절이 내게 작지만 꺼지지 않을 불씨가 되어 주었다.

'밤이 깊어가는 집안엔 엄매는 엄매들끼리 아르간에서 들 웃고 이야기하고 아이들은 아이들끼리 웃간 한 방을 잡고 조아질하고 (…) 그래서는 문창에 텅납새의 그림자가 치는 아침 시누이 동세들이 욱적하니 흥성거리는 부엌으론 샛문틈으로 장지문틈으로 무이징게국을 끓이는 맛있는 내음새가 올라오도록 잔다'_「여우난골족」 중에서

무이징게국을 끓이는 맛있는 내음새가 올라오도록 잔다. 별 다섯 개가 아깝지 않은 문장이었다. 큰맘 먹고 찾아간 레스토랑의 음식은 내 혀로 맛을 보면서도 맛을 느낄 수가 없었는데, 백석의 시는 읽는 것만으로도 맛이 느껴지는 것 같았다. 내가 '무이징게국'이라는 음식을 모르면서도 그랬다. 눈앞에 어린 시절 명절 아침의 풍경이 그려졌다. 따뜻한 온돌방에서 자고 일어나, 졸린 눈을 비비다 음식 냄새에 정신이 번쩍 깨어서는 두터운 이불을 헤치고 엄마를 부르며 부엌으로 달려갈 때의 공기가 어느새 나를 둘러싸고 있었다.

폴은 음식에 사랑이 담길 수 없다고, 그건 가난한 사람들이 하는 자기 위로일 뿐이라고 말했지만 글쎄, 이야기라면

어떨까. 누군가의 기억이, 그리운 온기가 담긴 이야기라면.

불의 발견 덕분에 인간은 추위를 피할 수 있게 되었다. 고기를 굽고 곡식을 끓이고 빵을 구울 수 있게 되었다. 하지만 그뿐만 아니라 아주 오래전부터 사람들은, 그 불가에 옹기종기 모여 이야기를 나누지 않았을까.

모두에게 평등한 식탁이 불가능한 세상에서, 나는 모두가 둥글게 앉아 이야기할 수 있는 너른 잔디밭을 꿈꾼다. 채끝살 올린 짜파구리든 '징징이 국수'든, 파인다이닝이든 평범한 김밥 한 줄이든, 서로의 음식 안에 담긴 이야기를 나눌 때 우리의 허기는 새로운 방식으로 채워질 수 있을 거라고 믿는다.

영화의 마지막, 오이는 이제 진짜 게임이 시작되었다며 거센 불길 위에 국수를 던져넣고 웍을 당긴다. 그녀의 몸짓을 통해 나는 또 한 번 과거로 되돌아간다.

벚꽃이 흐드러지게 피어난 어느 봄날, 도시락 뚜껑을 막 열기 시작한 아이들을 향해 내가 외친다.

"와아, 여기 정말 많은 이야기가 담겨 있네!

우리 다 같이 먹어볼까?"

아직은 그저 조금씩 채워갈 뿐이야
_<타이페이 카페 스토리> 속 에클레어

第36個故事 / Taipei Exchanges (2011)
샤오 야 췐 감독
82분

월요일은 치즈케이크, 화요일은 티라미수, 수요일은 에클레어…….

날마다 바뀌는 디저트의 종류만큼이나 다양한 개성을 가진 사람들이 매일 이곳을 찾는다. 액자 속 사진을 탐내는 남성, 어린 시절 추억이 담긴 동요 가사집을 찾는 청년, 하룻밤 소파를 빌리기 위해 찾아온 여행객까지— 이들은 돈을 지불하지 않고도 원하는 것을 얻을 수 있다.

그 어떤 화폐 단위도 아닌 자신의 마음속 기준으로 가치를 따져볼 수 있는 곳, 이곳은 <타이페이 카페 스토리>

속 '두얼'의 물물교환 카페다.

디자이너로 일하던 두얼은 카페를 열기 위해 퇴사했다. 그러나 개업을 앞둔 날, 꽃집 트럭과의 접촉 사고로 앞 범퍼가 부서지고 수리비 대신 카라 꽃 더미를 받아 들게 된다. 친구들에게 물물교환을 제안했지만 돌아온 것은 원두도 설탕도 아닌, 쓸모없어 보이는 잡동사니뿐. 우아한 카페를 꿈꾸었건만 현실은 소품 창고에 가까웠고, 정성 들여 만든 디저트조차 찾는 이가 없었다.

그러던 어느 순간, 그녀는 눈앞의 잡동사니가 누군가에게는 꼭 필요한 보물이라는 사실을 깨닫는다. 원하는 물건 하나를 갖는 대신 자신이 줄 수 있는 물건 하나를 내놓는 손님들로 인해 카페는 조금씩 활기를 띠어간다.

매출 걱정을 한시름 덜게 될 무렵, 한 남자가 등장한다. 그의 손에는 봉투가 들려 있다. 봉투 안에 담긴 건 그가 전 세계를 돌며 모은 서른다섯 개의 비누다. 그는 이 비누들을 '무엇'과 교환할 수 있기를 바라지만, 그게 무엇인지는 자신도 두얼도 알지 못한다.

그렇게 비누는 카페에 남겨지고, 남자는 에스프레소를

마시러 올 때마다 두얼에게 비누에 얽힌 이야기를 하나씩 들려준다.

두얼은 자연스레 그의 이야기에 빠져들게 된다. 각각의 비누에는 지구 곳곳의 지명이 새겨져 있다. 비누의 주인인 남자가 머물렀던 곳. 아직 여행을 한 번도 가보지 못한 두얼에게는 이름조차 생소한 도시들. 마다가스카르, 레이캬비크…. 그가 다녀간 날이면 두얼은 지구본을 갖다 놓고 그 위치를 손가락으로 짚어 본다. 그리고 엽서 크기의 종이를 꺼내 각 비누마다의 이야기를 그림으로 그려나간다.

그렇게 서서히 둘은 가까워지고, 두얼이 그린 그림도 서른다섯 장이 되었다. 남자는 갑자기 예상 밖의 말을 꺼낸다. 당신은 이미 나의 '이야기'를 소유하였으니, 그 대가로 나는 당신의 '그림'을 가져야겠다고.

서른다섯 개의 비누와 서른다섯 장의 그림을 모두 가져가버린 남자. 그 행동에 두얼이 어리둥절해 있는 사이 영화는 어느새 결말에 다다른다. 여행사 직원들이 그녀를 찾아오고, 카페를 관광 상품으로 만들기 위한 사업을 제안한다. 두얼 곁에서 일을 도왔던 여동생은 가게의 지분을 노리는 그들이 달갑지 않다. 하지만 두얼은 과감한 결심을 하고 그들에게 '물물교환'을 역으로 제안한다. 자신이 갖고 있는 카페 지분을 내놓는 대신, 그녀가 요구하는 것은 서른다섯 개의 도시로 떠날 수 있는 비행기표다.

일생일대의 교환이 이루어지고 두얼이 떠날 준비를 마쳤을 무렵, 남자로부터 편지 한 통이 도착한다. 남자는 고백한다. 자신은 바로 얼마 전 부기장이라는 직업을 그만두었으며, 이제는 두얼 곁에서 함께 커피를 만들고 싶노라고.

그러나 두얼은 남자와의 재회를 미뤄두고 여행을 떠난다. 남자는 카페에서 두얼의 빈자리를 대신 채운다. 그녀가 다시 돌아올 날을 기다리며.

<타이페이 카페 스토리>는 이렇게 잔잔한 아름다움을 지닌 영화다. 그리고 이 심심한 결말이 나는 무척이나 마음에 들었다. 아마도 그녀가 자신의 삶 위에 천천히 새겨 놓은 발자국에서, 내게 익숙한 무언가를 보았기 때문일 것이다.

파티쉐가 되고 싶다며 케이크 사진으로 스크랩북을 가득 채우던 십대, 방황과 고민 속에 백석의 시를 만나 삶의

방향을 틀게 된 이십대. 어느새 나는 작가를 꿈꾸면서도 현실은 학자금대출금 상환에 허덕이는 서른이 되어 있었다.

내가 원하는 대로 나의 소신대로 걸어온 길이라고 자부하지만, 그 발자국을 돌아보는 일은 너무나 부끄럽다. 꼬불꼬불 먼 길을 돌아 아직도 제자리인 기분. 그런 면에서 나는 두얼에게 홀딱 반해버렸다. 자신만의 서른여섯 번째 이야기를 찾겠다는 바람을 안고 공항으로 향하던 그녀의 얼굴은 얼마나 반짝반짝 빛이 났던가.

디자이너였다가, 카페 사장이었다가, 돌연 지난 시간을 비행기표와 맞바꿔 떠나버린 두얼이 부러워질 때면, 나는 영화의 첫 장면을 자꾸 돌려보며 위안을 얻곤 했다. 두얼이 짜놓은 에클레어 반죽이 오븐에서 구워지는 동안, 나지막이 깔리는 내래이션.

"이건 에클레어예요.
보세요. 크기가 조금씩 다르죠?
똑같을 수가 없어요,
음식도 사람처럼 제각기 다르거든요."

에클레어는 슈(choux) 반죽으로 구운 프랑스 과자의 일종이다. 슈 반죽은 보통의 과자 반죽과는 달리 익반죽을 해서 안에 수분을 품고 있다. 이걸 짤주머니로 짜서 오븐에 넣으면 증기의 힘으로 부풀어 오르면서 속이 텅 빈 형태로 구워진다. 그래서 그 안에 크림을 채울 수 있게 되는 것이다.

같은 반죽이어도 형태에 따라 마무리 방법에 따라 그 이름이 달라진다. 동그랗고 자그맣게 구워 크림으로 속을 채우면 우리가 흔히 아는 '슈(풀네임은 '슈 아 라 크렘')'가 되고, 손가락 길이 정도로 길게 쭉 뻗은 모양은 '에클레어'라 부른다. 에클레어의 겉면에는 폰당이나 초콜렛 글레이즈를 얇게 씌워 반짝이는 광택을 낸다. 일본과 프랑스의 유명 과자점에서는 쇼케이스 속 보석을 연상케 하는 높은 채도의 색감을 지닌 에클레어를 진열해 팔기도 한다. 겉모양뿐만 아니라 속을 채운 크림의 풍미도 모두 제각각이다.

우리 모두는 철판 위에 줄줄이 짜놓은 에클레어 반죽 같다. 언뜻 보기에 비슷한 듯 보여도 조금씩 길이가 다를 수밖에 없다. 그리고 서로 다른 모습으로 부풀어 각기 다른 맛으로 속을 채운다.

영화의 초반, 카라 한 무더기를 처치하려다 되레 산더미 같은 잡동사니를 떠안게 되어 난감해진 상황에서 영화는 불쑥 질문을 던진다.

"카라와 돈. 당신이라면 무엇을 선택하겠습니까?"

그저 한 명의 관객으로서 스크린 밖에 머물러 있던 나를 안으로 초대하는 셈이다. 갑자기 화면이 전환되고 길거리 인터뷰 형식의 장면들이 줄줄이 이어진다. 사람들은 저마다의 생각을 이야기한다.

'카라? 아니면 돈?', '공부? 아니면 세계여행?' 이런 식의 질문들이 영화에서 꾸준히 반복된다. 두얼이 공항으로 이동하는 동안 던져지는 마지막 질문은 좀 더 묵직하다.

"당신 마음속에서 가장 가치 있는 것은 무엇입니까."

가슴 뻐근해지는 답들이 화면 속에 쏟아진다.

영화는 당신의 답변을 기다린다. 관객의 생각, 관객의 답변이 더해질 때라야 비로소 이 한 편의 영화는 완성된다.

서른에 가까워질 무렵, 우연히 동네에서 대학 후배를 마주친 적이 있다. 몇 년 만에 보는 얼굴이었다. 후배는 중국에서 일을 하다가 얼마 전에 돌아왔다고 했다. 나의 안부를 물어왔지만 딱히 근황이랄 게 없어 당황스러웠다. 남들이 바삐 채워가는 시기에 나는 텅 비어 있었다. 번호를 교환하고 돌아서는 길, 반가움보다는 쓸쓸함이 감돌았다.

하지만 두얼은 조급함 없이 편안한 얼굴로 말한다.

"물건을 교환하는 건 많은 이야기를 듣는 거야.
언젠가 내 이야기도 들려줄 날이 오면 좋겠네."

두얼은 카페 안에서 이루어지는 물물교환을 통해 수많은 이야기를 들어왔다. 물건 속에 담긴 누군가의 시간, 누군가의 감정, 누군가의 추억들을. 이 세상에 얼마나 다양한 생각과 삶의 방식들이 존재하는지도 자연스레 깨달았다. 나는 그 과정에서 그녀가 느낀 감정이 '공허함'일 거라 짐작했었다. 회사 밖을, 카페 밖을, 대만 밖을 나가보지 못한 이가 느낄 법한 경험의 부재, 혹은 가능성의 부재 같은 것들.

하지만 이제는 알겠다. 그녀는 자신이 텅 비어버린 것

같은 공허함 때문이 아니라, 스스로에 대한 확신 때문에 여행을 떠났다는 사실을.

두얼은 자신이 무언가로 채워질 수 있는 존재임을 믿는 사람이었다. 아직 텅 비어 있기에 채워질 가능성 또한 무한함을 알고 있었다. 자신만의 경험, 자신만의 이야기로 속을 꽉 채우기 위해 걷는 나날들 위에서 그녀는 분명 행복했을 것이다.

슈 반죽 얘기를 잠깐 더 해야겠다.

학교에서 요리를 배우던 시절, 나는 슈를 잘 굽지 못하는 아이였다. 이제 다 구워졌겠지 싶어 성급히 오븐 문을 연 순간, 부풀어 오르던 반죽은 다시 푸쉬쉬 꺼지며 가라앉고 말았다. 이 상태를 우리는 '주저앉았다'고 표현하곤 했다. 슈 반죽을 잘 굽기 위해선 충분한 기다림의 시간이 필요하다. 제대로 부풀지 못하고 주저앉은 슈에는 아무런 속도 채울 수가 없다.

꿈을 향한 여정도 그렇지 않을까. 초조함과 성급함이 앞서면 주저앉기 십상인 이 길.

'나는 에클레어다, 나는 에클레어다' 주문을 외우면서, 스스로를 믿어주고 기다려 주면 어떨까. 천천히, 비워지는 과정과 채워지는 과정 자체를 즐겨 보면 어떨까.

　꿈과 도전 실패, 그리고 또 다른 도전을 반복하는 두얼과 나, 그리고 당신. 우리는 모두 에클레어다.
　에클레어라고 부르기엔 아직 부족한 미완의 에클레어.
　가장 나다운 색으로, 가장 나다운 향으로 속을 채우고 싶어 하는.
　그리하여 마침내 나만이 낼 수 있는 특별한 맛으로 속을 꽉 채우고야 마는.

영화로운 레시피① : 식빵 들고 우리 집에 놀러 와

_<내니 다이어리> 속 '애니'에게

The Nanny Diaries (2007)
샤리 스프링어 버먼 감독
104분

식빵 두 장.

땅콩버터 한 숟갈.

포도잼 한 숟갈.

그리고 후식으로는 포지타노 레몬 캔디와

'새콤달콤' 몇 알.

디어, '애니'.

지금쯤 너는 대학원 과정도 마치고 남태평양의 어느 섬

으로 현지 조사를 떠났을까?

엔딩크레딧 이후 너의 안부를 궁금해하며, 피넛버터와 잼을 듬뿍 바른 식빵을 한입 베어 물고 편지를 쓴다.

나는 사실 '딸기잼파'지만, 오늘은 너를 따라 피넛버터 앤 젤리 샌드위치의 맛을 느껴보고 싶었어. 네가 맨해튼 그 집의 부엌 찬장에서 '스머커스 구버(SMUCKER'S GOOBER)' 병을 꺼내던 그 장면이 아직도 눈에 선하거든. 자꾸 까불거리는 상류층 꼬맹이 '그레이어' 앞에 땅콩버터와 포도잼이 든 병을 탁, 하고 내려놓던 순간이.

나는 그때 겁이 났어. 그레이어에게 그런 걸 먹여서는 안 될 테니까. 아이의 엄마 'X부인'은 모든 걸 통제하는 사람이었고, 그녀의 음식 사전에 '스머커스 구버' 같은 건 존재하지도 않는 단어였을 거야. 보모가 되기 위해 처음 면접을 보던 식당에서도, 그녀는 네게 햄버거가 아닌 유기농 음식을 먹으라며 주문을 맘대로 바꿔버렸으니까.

하지만 성분표가 뭐 그리 중요했을까. 손가락으로 땅콩버터를 듬뿍 찍어 맛보는 순간에 그레이어는 처음으로 아이다운 표정을 하고 행복하게 웃더라. 그때부터 너희 둘은 가까워지기 시작했어. 부잣집 도련님과 보모의 관계가 아니라 단짝 친구처럼 마음을 나누는 사이가 되었지.

X부부는 늘 바빴어. 육아는 언제나 보모의 몫이었고. 그레이어가 원하는 건 입학시험에 통과하기 위해 프랑스어를 배우거나 프랑스 요리를 먹는 것이 아니라, 부모와 함께 시간을 보내는 일이었을 텐데도 말이야. 안 그래도 넓은 저택이 어린 그레이어의 눈에는 훨씬 더 크고 휑한 공간으로 보였을 거야.

그런 면에서 애니, 너는 그레이어에게 필요한 게 무엇인지 정확히 알고 있었지. 아이의 결핍을 눈치채고, 그걸 채워주기 위해 노력했어. 그런 너의 태도가 정말 멋지더라.

솔직히 말하면, 나는 뉴욕 맨해튼에 자리한 그들의 집이 부러웠어. 부모의 재력 덕분에 아이가 누리고 있는 모든 것들도. 사실 나도 서울에서 비슷한 장면을 목격한 적이 있거든. 그들의 삶을 동경하면서도 내 자신이 초라해지는 게 싫어서 속으론 그들을 미워하기도 했지.

그런데 너는 나와 달랐어. 그 집에서 위축되지도, 그들이 통제하는 대로 스스로를 바꾸지도 않았어. 그리고 네가 진짜 맛있다고 믿는 음식을 아이에게 먹여 주었지. 그 찬장에 '유모(Nanny)'라는 표식이 붙어있었던 걸 보면, '스머커스 구버'는 네가 평소에 즐겨 먹는 간식이었을 거야. 어쩌면 네가 어린 시절에 엄마와 함께 손가락으로 찍어 먹고, 식빵에도 발라 먹었던 추억의 음식일지도.

그게 나한테는 꽤 큰 충격이었어.

나라면, 아이에게 프랑스 요리를 해주기 위해 준비된 고급 식재료들을 몰래몰래 먹고 싶었을 것 같거든. 그동안은 먹을 기회조차 없었던, 그런 음식들을 말이야.

타인의 삶과 비교해 자신을 깎아내리지도 않고 그들의 삶을 질투하지도 않는 너의 태도를 배우고 싶은 마음에 나는 <내니 다이어리>를 여러 번 꼼꼼히 돌려 보았어.

시골 혹은 소도시 출신.
부모의 품을 떠나 더 큰 도시로 진출한 여자.
엄마보다 나은 학력.
자식은 자신보다 더 나은 삶을 살 거라는 부모의 믿음

과 기대.

그 속에서 오는 괴리감과 혼란까지.

우리는 꽤 많은 부분이 닮았고, 딱 하나가 달랐어.

그 답은 '인류학'이야.

너는 인류학자가 되고 싶어 부전공까지 했지만, 엄마의 기대를 저버리지 못하고 투자은행 '골드만삭스'에 지원했지. 면접을 망친 후 구하게 된 일자리가 X부인을 위한 유모 역할이었고. 너는 그러한 네 자신을 '도피하고 있었다'고 표현했지만, 내 생각은 달라. 너는 언제나 한결같이 '인류학자'다운 시선을 놓치지 않았으니까.

"저 사람들은 뭐야?"

"마티스족이야. 아마존에 살지."

"유모가 누구야?"

"쉬는 날인가 봐. 저쪽 세계는 상황이 다르겠지."

그레이어와 함께 자연사박물관에 놀러 갔던 날, 너희 둘이 나눴던 대화는 정말 인상 깊었어. 저쪽 세계와 이쪽 세계는 상황이 다를 수 있다는 간단한 대답. 그 말에 정신이 번쩍 들더라.

네가 인류학자를 꿈꾸게 된 이유는 영화에 나오지 않지만, 이 넓은 지구에 매력을 느꼈기 때문이라고 나는 생각해. 그래, 지구는 넓고, 세계는 다양하고, 사람들은 저마다 조금씩 다른 삶을 살아가. 그걸 이미 알고 있으면서도, 나는 나와 다른 삶을 마주하게 될 때마다 '돈'과 '계급'의 문제로 받아들이며 위축되곤 했어. 하지만 너는 그러지 않았지. 맨해튼 상류층 부인들의 삶도 인류의 표본 중 하나처럼 여기며 관찰했을 뿐, 평가하거나 등급을 매기는 짓은 결코 하지 않았어.

애니, 네가 '골드만 삭스' 면접에서 받았던 질문을 기억해?

"이제 자신의 방식대로 애니 브래독을 소개해 봐요."
"그건 정말 쉬운 질문이네요. 애니 브래독이란 사람은…. 그게… 저는… 아무 생각이 안 나요."

정말 쉬운 질문이라면서도 말문을 잇지 못하고 도망쳤던 그날은 너에게 뼈아픈 기억이겠지만, 나는 편지에 꼭 적어두고 싶어. 네 이야기를 통해서 이제야 나도 내 방식대로 나를 소개할 자신이 생겼거든.

있지, 나는 포지타노 레몬 캔디보다는 '새콤달콤' 레몬 맛을 더 좋아하는 사람이야. 이 세상에 많고 많은 레몬 맛 중에 나는 '새콤달콤'을 사랑해.

물론, 언젠가는 한국이 아니라 지중해 햇살 아래 레몬이 자라나는 현지에서 그 사탕 맛을 새롭게 느껴보는 순간이 올 수도 있겠지. 그렇다고 해서 '새콤달콤'을 초라하게 여기진 않을 거야. 이건 가격이나 성분과는 아무 상관없는 진짜 내 취향이니까.

그러고 보면 애니,

진정한 나 자신으로 살아간다는 건, 내가 좋아하는 잼에 스스로 라벨을 붙이는 일일지도 몰라.

원산지 어디, 권장소비자가격 얼마, 몇 칼로리, 당류 몇 그램, 그런 사회가 정해놓은 기준 말고 내가 쓰고 싶은 말을 주관식으로 써 붙이는 일 말이야.

다 채우지 못한 이력서의 빈칸 앞에 좌절하는 날들도 많았지만, '스머커스 구버'나 '새콤달콤'을 좋아한다는 것도 이력서에는 쓰지 못할 말들이지만,

그래도 우리에게는 그런 라벨이 더 필요한 것 같아.

애니, 고마워.

남의 식탁을 부러워하지 않는 연습을 시작해 볼 수 있게 된 건 네 덕이 커.

언젠가, 내 간식 창고를 채우고 있는 것들을 모조리 꺼내서 맛보여줄 날이 오면 좋겠다.

작고 사소하지만, 진짜 내가 좋아하는 것들을.

그럼, 이 커다란 지구 어디에서건,

잘 지내. 애니.

우리 더 멋진 잼들이 되어 다시 만나자.

그때가 되면,

식빵 들고 우리 집에 놀러 와.

Act II.

흔들림 속에 깊어지는
사랑의 향기

사랑에 유통기한이 있다면

_<중경삼림> 속 파인애플 통조림

重慶森林 / Chungking Express (1995)
왕가위 감독
102분

내가 홍콩이란 도시에 매료된 것은 영화 <중경삼림>을 통해서였다.

화려한 야경 너머 어딘가에 뿌리를 내리고 있을 좁은 골목들. 그 어두운 길 위를 걸어 나가는 네 명의 위태로운 청춘들. 그들은 마치 홍콩이란 이름의 잡지에서 마구잡이로 찢겨 나온 종잇조각 같았다.

"우리는 항상 어깨를 스치며 살아가지만 서로를 알지도 못하고 지나친다.

하지만 언젠가는 가까운 친구가 될 수도 있을 것이다.”

영화의 도입부에 깔리는 내래이션이 암시하듯, 이 작품은 청춘의 조각들을 얼기설기 덧붙여 만든 한 편의 콜라주 같은 영화다. 서로가 서로의 곁을 스쳐 지나가고 예기치 못한 순간에 다시 재회하면서, 강렬하고 새로운 이야기가 만들어진다.

그 강렬한 4인 4색의 조각 중에서도 유독 나의 마음을 사로잡은 청춘이 있었다. 경찰 ‘223’. 그는 여자 친구와의 이별을 받아들이지 못하고 밤거리를 배회하는 남자다.

223이 여자친구에게 이별을 통보받은 것은 4월 1일. 그 날짜가 하필 만우절이었다는 사실은 그에게 희망의 근거가 된다. 그는 이별이 거짓일 거라 믿으며 그녀의 연락을 기다린다.

울리지 않는 삐삐만 괜히 만지작거리게 되는 밤이 몇 번이나 지났을까. 그는 문득 결심한다. 딱 한 달만 그녀를 기다려 보겠다고. 5월 1일, 자신의 스물다섯 번째 생일이 돌아오는 날까지.

그러고는 별안간 파인애플 통조림을 하나씩 사 모으기 시작한다.

그녀가 좋아했던 파인애플 통조림을. 유통기한이 5월 1일까지인 파인애플 통조림을.

경찰 223의 여자 친구 이름은 '메이'다. 자신 곁을 떠나버린 메이(May)를 기다리며 '1 MAY'라는 글자가 찍힌 통조림을 찾아 거리를 헤매는 나날. 그 쓸쓸한 여정은 한 달 동안 계속된다. 편의점 한구석에 쭈그려 앉아 선반에 놓인 통조림을 하나하나 뒤지는 그의 모습은 애처롭기 그지없다.

하루하루 시간이 갈수록 유통기한이 5월 1일인 통조림을 찾는 일은 더 어려워진다. 그러나 그는 포기하지 않고 파인애플 통조림 수집에 몰두한다.

"5월 1일이 유효기간인 파인애플 통조림이 있나요?"
"내일이 기한인 물건은 꺼내놓질 않습니다."
"두 시간이나 남았는데 폐기처분한다는 겁니까?"
"기한 지난 거 누가 좋아하죠? 다들 신선한 걸 찾지."
"신선? 무슨 신선이요? 당신 같은 사람이 새로운 것

만 탐하죠. 파인애플 통조림에 얼마나 많은 노력이 들어가는지 알기나 해요? 기르고, 수확하고, 얇게 썰어 넣고, 그런 걸 그냥 폐기처분해요? 통조림의 기분이 어떨지 생각이나 해 봤나요?"

가련한 순정 같았던 그의 행동은 어느새 미련한 집착으로 보이기까지 한다.

그러나 나 역시 그런 지질한 기다림의 시간을 보낸 적이 있었다. 공교롭게도 그즈음의 내 나이 역시 스물다섯이었고, 그의 이름은 5월(May)이 아닌 6월(June)이었다.

지독한 짝사랑 끝에 겨우 상대의 마음을 얻어냈지만, 그 여름날의 행복은 꿈결처럼 짧았다. 연애의 달콤함을 채 만끽하기도 전에 그가 갑자기 잠적해 버린 것이다. 도무지 이해할 수 없는 그의 이별 방식에 나는 고통스러웠다. 처음엔 그게 이별일 거라 믿지 않았다. 당연히 그가 곧 돌아오리라 믿었다. 그 후론 전화기를 손에서 떼지 않은 채 잠을 자고, 밥을 먹고, 일을 하는 나날의 반복이었다.

눈물로 눅눅해져 버린 그해 여름의 어느 밤. 연결되지 않는 번호를 집요하게 눌러대며 통화 연결음만 하염없이 듣고 있던 순간에, 문득 한 가지 기억이 뇌리를 스쳤다. 몇 년 전에 병원에서 검사를 받아보니 허리 쪽에 종양이 있다더라, 그런데 악성은 아니라더라—는 그의 말. 대수롭지 않다는 듯 중얼거렸던 그 말이 갑자기 떠올라 나를 불안하게 했다. 아니, 알 수 없는 희망을 갖게 했다.

나는 집 밖으로 뛰쳐나갔다. 지하철도 버스도 다니지 않는 컴컴한 새벽이었다. 아직 스마트폰이 없었던 시절, 오로지 어렴풋한 기억에만 의존해 그가 살았던 동네 인근의 병원 이름들을 하나씩 되짚었다. 그리고 절박한 심정이 되어 하염없이 걷고 또 걸었다. 이 길을 쭉 가다 보면 아마도 큰 대학병원이, 거기에서 오른쪽으로 조금 더 가면 근처에 또 다른 병원 하나가. 그런 식으로 병원 몇 개를 모두 돌아볼 생각이었다. 그러나 여름밤은 짧았고, 어둠이 걷힐 무렵에야 겨우 첫 번째 병원 입구에 다다를 수 있었다.

그뿐이었다. 무모하게 솟아났던 용기는 햇살이 드리워진 순간 어디론가 자취를 감춰버렸다. 나는 우두커니 병원 입구에 서 있었다. 들어가서 뭘 확인할 수 있을까.

아니 애초에, 뭘 확인하고 싶었던 것일까.

영화 속 경찰 223 역시 밤거리를 헤맨다. 편의점을 몇 군데나 돌아다닌 끝에야 그는 서른 번째 통조림을 겨우 손에 넣는다.

그리고 마침내, 5월 1일.

스물네 살의 밤과 스물다섯 살의 아침, 그 사이를 통과하는 새벽에 그는 어둑한 방 안에서 홀로 파인애플 통조림을 먹어 치우기 시작한다. 한 캔, 그리고 또 한 캔…….

그는 금붕어가 헤엄치는 어항의 유리 표면에 얼굴을 갖다 대기도 하고, 강아지와 마주 앉아 눈을 맞춰보기도 한다. 하지만 금붕어도 강아지도 그와 함께 파인애플 통조림을 먹어줄 수는 없는 노릇이다. 그는 나지막이 묻는다.

"왜 지금은 슬픔을 함께 나눌 수 없는 거지?"

그 순간, 스크린 너머 그에게 다가가 친구가 되어주고 싶었다.

그를 제대로 이해하고 싶어 영화 초반의 장면을 몇 번이나 되돌려 봤는지 모르겠다.

편의점에서 통조림을 뒤지는 그의 손을 보고, 편의점

직원과 주고받는 대화를 보고, 격분해서 소리치는 그의 얼굴을 보고. 그렇게 장면 하나하나를 다시 되돌려 보고 또 되돌려 보았을 때, 그러다 어느 순간 그의 대사 속에서 '파인애플 통조림'이란 글자가 흐릿해지고 빈자리에 '사랑'이란 단어가 채워졌을 때, 그때 나의 마음은 절절해졌다.

스물다섯의 내가 그의 편에 서서 함께 외치고 있었다.

"사랑에 얼마나 많은 노력이 들어가는지 알기나 해요? 그런 걸 그냥 폐기처분해요?"

그렇다. 사랑.

신선하지 않아도, 내게는 사랑.

유통기한이 채 두 시간밖에 남지 않았다 하더라도,

내게는 사랑.

유통기한이 지나버려도, 남들은 거들떠보지 않아도,

함부로 폐기처분할 수 없는, 그저 안타깝고 소중하기만 한,

그런, 사랑.

모든 사랑에는 반드시 유통기한이 존재한다는 사실을 설마 우리가 몰랐겠는가. 캔 안에 봉인되어 찰랑거리는 감

정을 어찌해야 할지 몰라 당황스러웠을 뿐. 딸각, 하고 열어본 캔 안에는 분명 파인애플이 보이는데. 껍질과 심지를 제거하고 반듯하게 잘라낸 과육이 아직 이렇게나 빛나는데. 당장 며칠 뒤엔 썩어버릴 이 '사랑'이란 이름의 통조림이 내게는 너무도 소중해 잠시라도 더 붙들고 싶었을 뿐.

서른 개의 파인애플 통조림을 국물 한 방울도 남기지 않고 싹싹 비우는 그의 모습을 바라보는 동안, 오래전 내가 걸었던 여름밤의 기억이 선명하게 되살아났다.

서대전 네거리를 가득 메운 푸르스름한 공기, 머리카락을 스치던 바람, 옷에 배인 희미한 땀 냄새, 손안에 쏙 들어오던 작은 폴더폰의 차가운 감촉, 눅눅해진 손바닥. 거리를 오가는 사람들이 있었고, 주점의 간판들이 일제히 불을 밝혀 어둠을 몰아내고 있었고, 간간이 취객들의 고함 소리도 들려왔지만, 그 소란한 공간 속에서 나는 철저하게 혼자였다.

홍콩이라는 도시의 한 페이지에 인쇄된 그를 주욱, 찢어내 서대전 네거리 역 근처 어딘가 가로수가 빼곡히 심어진 길 위에 붙여놓을 수 있었다면. 서늘한 바람이 불어오

는 새벽, 나라는 종이 조각과 그라는 종이 조각, 쓸쓸한 도
시 위 나풀거리는 청춘들의 찢긴 가장자리가 콜라주처럼
맞닿을 수 있었다면.

그랬다면 스물다섯의 우리는 조금 덜 외로울 수 있었을
텐데. 어깨를 맞댄 채로 묵묵히 통조림을 함께 비우면서,
그렇게.

화려한 불빛 뒤에 가려진 어느 골목 어둑한 집 안에는
여전히, 사랑의 유통기한에 가슴 졸이는 청춘들이 있을 것
이다.

사랑의 유통기한이 만년이기를 감히 바라지는 않는다.

다만, 통조림처럼 외면당한 우리의 마음이 부디 안녕하
길.

유통기한의 밤이 지나, 거부할 수 없는 아침 해가 밝아
오는 그 마지막 순간까지도.

내 몸이 누군가의 온기를 원할 때

_<딜리셔스[7]> 속 크루스타드

Delicious (2013)
태미 라일리 스미스 감독
85분

자고 일어났더니 윗집 남자가 내 집에서 태연하게 칼을 갈고 있다면?

금방이라도 검붉은 피가 튀길 듯 섬뜩한 이미지가 연상되지만 이건 스릴러나 액션이 아닌 따뜻한 사랑 영화 <딜리셔스>의 한 장면이다. 식칼을 손에 쥔 주인공은 프랑스 출신 요리사 '잭(자끄)'. 그는 섭식장애를 앓고 있는 아랫집 여자 '스텔라'에게 음식을 먹이기 위해 공을 들이는 중

7   여기서 다루는 <딜리셔스>는 넷플릭스에서 볼 수 있는 동명의 영화와는 다른 작품이다. 18회 부산국제영화제 공식 초청작이었던 이 작품은 현재 DVD를 통해서만 볼 수 있다.

이다.

잭의 사정은 이렇다. 어머니를 일찍 여의고 양부모 밑에서 자라난 그는 친부를 찾고 싶어 프랑스를 떠나 런던으로 왔다. 그리고 아버지일 가능성이 높은 셰프 '빅터'의 레스토랑으로 찾아가 일자리를 구한다. 빅터는 그에게 '스타터(Starter, 전채요리)' 파트를 맡긴다. 가진 돈은 강도에게 모두 뺏기고 그에게 남은 거라곤 여권과 어머니의 유품인 칼뿐이지만, 동료의 도움으로 아파트를 구하고 레스토랑에 출퇴근하며 차츰 새로운 일상에 적응해 나간다.

그는 자신의 삶에서 유일하게 내세울 만한 건 요리밖에 없다고 생각하는 사람이다. 또한, 길거리 부랑자에게 기꺼이 하나 남은 빵을 건넬 만큼 마음이 따뜻한 인물이기도 하다. 그런 와중에 스텔라를 만났다. 그는 불안정한 상황에 놓인 그녀를 그냥 지나치지 못한다. 달래도 보고 화도 내 보고, 온갖 방법을 동원해 음식을 먹이려 하지만 쉽지 않다. 먹이려는 남자와 먹지 않으려는 여자. 둘의 실랑이는 그렇게 시작되었다.

스텔라가 위안을 찾는 방식은 식욕과 성욕 사이의 밀고 당기는 줄다리기 같다.

"이딴 거 안 먹어. 내 몸은 신전이야."

그녀는 잭의 음식을 역겹고 더러운 것으로 치부하며 식사를 거부하지만, 홀로 남겨진 순간에는 충동적으로 간식이 든 상자를 열어젖힌다. 눈물 젖은 눈으로 초코바, 감자칩, 누텔라, 술, 그리고 알약을 마구잡이로 입속에 집어넣다가 화장실로 달려간다. 그녀의 손등 마디에는 자기 유발 구토의 흔적이 빨간 상처로 남아 있다.

그녀는 스스로를 내려놓은 듯 술에 취해 '나를 죽게 내버려 둬요.'라고 애원하면서도 동시에 남자를 침대로 끌어들인다.

"우리 해요(Why don't we fuck). 그러면 기분 좋아질 것 같아."

영화는 스텔라가 섭식장애를 앓게 된 경위를 세세하게 설명하지는 않는다. 그녀의 입에서 나오는 몇몇 대사들, 그리고 거울에 자신의 마른 몸을 비춰보는 동작에서 어느 정도 짐작할 수 있을 뿐이다. 그리고 그 서사적 빈칸들 덕분에, 나는 그녀에게서 이십대 후반의 내 모습을 발견하게 되었다.

스물일고여덟 살의 나는 몇 번의 취업과 퇴사를 반복하다 의욕을 잃고 무기력에 빠져 있었다. 친했던 동기들은 먼저 졸업 후 서울로 취업을 한 후였다. 대학 생활 내내 머물렀던 대전이란 도시가 갑자기 낯설게 느껴졌다. 홀로 남겨진 기분에 외로움을 느끼면서도, 막상 친구에게 연락이 올 때면 답을 피했다. 그리고는 새로운 이성과의 만남에서 위안을 찾기 시작했다.

이십대 후반의 연애는 스무 살 풋사랑과는 달랐다. 너무 빨랐던 속도와 리듬. 처음엔 그것도 사랑이라 믿었다. 하지만 상대는 나의 몸이 필요했을 뿐 마음까지 원한 건 아니었다는 걸 알게 된 순간, 나는 모든 걸 내려놓고 말았다. 손 한 번 잡는 데까지도 두 달이 넘게 걸렸던, 손끝 하나만 스쳐도 온몸의 털이 곤두서고 파르르 가슴이 떨리던 첫사랑은 이미 과거가 된 지 오래였다. 짧은 만남과 헤어짐이 반복되고, 무언가에 굶주린 사람처럼 성급하게 서로를 끌어안는 관계에 익숙해져 갔다. 허무했지만, 그렇게 해서라도 누군가의 체온을 붙들고 싶었다.

한편, 겉보기에는 스텔라와 반대 입장에 놓인 듯 보여도 잭 역시 타인의 위로가 절실히 필요한 인물이다. 그는 자신의 뿌리를 찾는 것으로 어머니의 부재를 메꾸려 한다. 그러나 한 가닥 실마리를 쫓아 만나게 된 셰프 빅터는 그의 친부가 아니었고, 실망감에 외로움만 더 깊어진다. 스텔라를 먹이기 위해 그가 동원한 방법들은 때로 강압적이기까지 하지만, 그건 타인을 먹임으로써 부모로부터 물려받은 요리사의 피를 증명하려는 처절한 자기 위로의 과정이었을지도 모른다.

영화 <딜리셔스>에는 의외로 베드씬이 단 한 번도 등장하지 않는다. 대신 관능적인 매력을 뽐내며 관객을 유혹하는 건 잭의 손에서 창조되는 갖가지 요리들이다.

그는 스텔라의 집에서 레스토랑급의 요리를 만들어 낸다. 잘 세공된 보석같이 정교한 아름다움이 있는 갖가지 애피타이저에서부터 관자 요리, 어머니와의 추억이 담긴 라비올리, 두툼한 스테이크와 레몬머랭파이, 초콜릿을 묻힌 붉은색 딸기까지.

그는 스텔라를 식탁에 앉히기 전 먼저 애피타이저를 권한다.

"맛이나 한번 볼래요? 크루스타드[8] 하나만요."

그가 건네는 크루스타드는 일종의 카나페다. 노릇하게 구운 작은 빵 위에 붉은 소스를 올리고, 초록 잎사귀를 얹고, 또 그 위에 삶은 메추리알 반 조각을 올리고, 또다시 허브잎을 얹었다. 바삭함과 부드러움, 새콤함과 고소함이 조화를 이루는 맛이 식욕을 자극하길 기대했지만, 그녀는 이조차 거부한다.

몇 번의 다툼 끝에 겨우 휴전처럼 식탁에 마주 앉은 저녁. 스텔라가 처음으로 먹는 음식은 스테이크다. 포크가 아닌 맨손으로 고기 조각을 집어 소스를 듬뿍 찍은 후에 손가락을 혀 안쪽까지 밀어 넣는다. 그리고는 눈이 휘둥그래져 잭의 음식을 하나씩 맛보기 시작한다. 초콜릿을 묻힌 딸기를 먹을 때에는 무언가에 홀린 듯 그녀의 입에서 '하나 더 먹어야지'라는 말까지 흘러나온다.

그러나 해피엔딩은 쉽게 찾아오지 않는다. 그날 밤 스텔라는 다시 모든 음식을 토해내고, 잭은 실망감에 런던

---

8   이때 한글 번역은 '크루스타드'라고만 되어 있지만, 실제 대사는 'a croustade, au choix du chef'처럼 들린다. 크루스타드(croustade)는 파이 반죽이나 얇고 바삭한 빵을 지칭하는 용어다. 그 뒤에 붙은 프랑스어 'au choix du chef'는 영어로 'chef's Choice', 주방장 특선 또는 셰프의 추천 요리 정도가 될 것 같다.

생활을 정리하고 떠나기로 결심한다.

잭이 '스타터(starter)' 담당자라는 점은 이 영화가 감춰 놓은 신호 같다. 콜드 키친(cold kitchen), 혹은 가드망저(Garde-manger)라고도 불리는 이 부서에서는 차가운 음식과 애피타이저를 주로 만든다. 그건 코스에서 첫 순서로 제공되는 요리들이다. 위장에 부담을 주지 않으면서도 무뎌진 감각을 깨울 수 있는 자그마한 한 입. 귓가에 울리는 바삭한 소리마저 내 심장 박동인 것처럼 설렘을 주는 음식.

그런데 스텔라의 식사 장면을 자세히 살펴보면, 그녀는 식탁 위에 놓인 모든 음식에 손을 대면서도 끝내 잭이 준비한 특선 애피타이저 '크루스타드' 만큼은 먹지 않았다.

그녀가 크루스타드에 손을 대는 건, 잭이 떠나간 다음이다. 침대에 누워 손등 마디마다 붉은 상처가 남은 손으로 허기진 배를 부여잡고 있던 스텔라. 그녀는 결국 식탁으로 간다. 그리고 큰 결심을 하듯 용기 내어 크루스타드를 입에 넣는다. 눈을 질끈 감고 그 한 입을 꿀꺽 삼킨다.

이윽고 습관처럼 화장실로 달려가 토해내려 하지만, 이미 늦었다. 어찌 된 일인지 손가락을 집어넣고 혀뿌리를 눌러 봐도 음식물이 올라오질 않는다. 칫솔까지 동원해도 소용없다. 그녀는 잭이 만든 음식이 자신의 목구멍을 통과해 몸속 깊은 곳까지 스며들었음을 느낀다. 여자는 남자의 '스타터'를 받아들였다. 진정한 관계의 시작을 알리는 순간이다.

스텔라가 삼킨 크루스타드 한 조각에서 내 지난 연애를 다시 돌이켜 본다. 메인부터 집어삼키는 식사는 끝내 마음에 온기를 가져다주지 못했다. 서로를 알아가는 작은 교감의 순간들이 있어 식탁이 더 풍성해진다는 걸 그때는 왜 몰랐을까.

영화의 마지막, 스텔라는 잭을 붙잡기 위해 킹스크로스역으로 향한다. 역사 안, 남녀가 포옹하는 모양의 동상 아래 등을 기댄 채 뒤돌아 서 있는 두 사람. 곧 서로를 발견하게 될 거란 기대와 달리 돌아선 모습 그대로 영화는 끝이 나버린다.

하지만 아쉬울 이유도, 조급할 필요도 없다. 모든 것은 이제 막 시작되었을 뿐이니까. 스크린 밖에서 그들은 그들만의 속도로 천천히, 다채로운 사랑의 맛을 하나씩 음미하며 서로의 마음을 데워 갈 것이다.

오늘도 식탁에는 아침 해가 떠오르고
_<호프 스프링즈> 속 달걀 프라이와 베이컨

Hope Springs (2013)
데이빗 프랭클 감독
100분

한 여자가 호텔 복도를 서성인다. 그녀 앞에 놓인 객실은 두 개, 그 안에서 맞이하게 될 아침 풍경도 두 가지다. 그녀는 어떤 문을 열고 안으로 향하게 될까.

첫 번째 방.

이 문 너머에는 여자가 꿈에 그리던 남자가 서 있다. 잘생긴 외모에 젠틀하고, 심지어 돈도 아주 많은. 그는 여자를 위해 룸서비스를 주문해 놓았다. 붉은 딸기와 샴페인의 조합이 여자의 입을 즐겁게 해줄 것이다. 지금까지 세상 사람들은 겉모습만으로 그녀를 평가하며 함부로 대해 왔지만, 그는 다르다. 그녀를 존중할 줄 아는 남자다. 그와 함께 밤을 보내고 나면, 그녀에겐 선물 같은 아침이 찾아올 것이다. 오믈렛, 스크램블드에그, 팬케이크, 크로와상……. '당신이 뭘 좋아할지 몰라서 다 준비했어.'라는 남자의 말은 그 어떤 말보다도 달콤하게 여자의 귓가에 울려 퍼진다.

그리고 두 번째 방.

이곳에선 평범한 직업을 가진 평범한 외모의 남자가 여자를 기다리고 있다. 이 선택을 한 순간부터 여자는 매일 그를 위한 아침을 준비해야 한다. 바삭하게 구운 베이컨과 달걀 프라이 두 개를, 무려 30년 동안이나! 물론 그 역시 여자를 위해 룸서비스를 주문해 놓았지만, 어색한 분위기에서 먹는 딸기와 샴페인은 글쎄……. 그것만으로는 짜릿하고 아름다운 추억을 남기기에 역부족일 것이다. 그는 표현이 서툰, 무뚝뚝한 남자이기 때문이다. 다만, 성실하고 책임감이 강한 사람이라는 점만은 분명한 사실이다.

혹시 눈치챈 사람이 있을지 모르겠다. 두 개의 문 너머에 놓인 것은 영화 속 이야기들이다.

첫 번째 객실에는 영화 <귀여운 여인>의 설정을, 두 번째 객실에는 <호프 스프링즈>의 설정을 녹여냈다. 그리고 서로 다른 두 장면을 번갈아 바라보며 영화 같은 아침을 고민하는 존재는 바로 나.

나는 오래전부터 로맨틱한 아침 식사에 대한 환상을 품어 왔었다. (그 책임은 물론 리처드 기어에게 있다.) 써니 사이드업과 스크램블드에그 같은 달걀 요리를 기본으로 베이컨이나 소시지를 곁들이고, 커피 혹은 주스 한 잔과 함께 즐기는 서양식 아침 식사. 여기에 바삭한 크로와상이나 달콤한 팬케이크, 와플도 함께한다면 금상첨화가 아닐까. 전날 함께 보냈던 뜨거운 밤의 여운이 가시지 않아 약간은 수줍고 설레는 마음으로 맞이하는 아침 식사.

그러니까, 연인들이 보낸 로맨틱한 밤의 진정한 피날레는 밤이 아니라 바로 그 아침에 있다고 믿었다. 새하얀 시트로 둘둘 몸을 감싼 채 함께 먹는 달걀 프라이와 베이컨이야말로 이보다 더 달달할 수 없는 로맨틱의 절정이라고.

그런 나의 굳건한 믿음이 흔들리기 시작한 건 영화 <호프 스프링즈>를 보면서부터다.

각방을 쓰는 결혼 31년 차 부부 '케이'와 '아놀드'의 아침은 달걀 프라이와 베이컨으로 시작된다. 매일 같이 남편을 위해 커피를 내리고 프라이팬에 달걀 두 알을 깨뜨려 넣는 케이는 남편과 살을 맞대본 적이 대체 언제였는지 기억도 가물가물할 지경이다. 외로움에 지쳐가던 그녀는 어느 날 아침, 신문을 보며 달걀을 입안에 집어넣고 있는 남편에게 비장한 선언을 한다.

"다시 신혼으로 되돌아가고 싶어."

케이가 꺼낸 제안은 메인 주의 호프 스프링즈에서 일주일 동안 부부클리닉 상담을 받아보자는 것이다. 아놀드는 이런 아내의 모습이 그리 달갑지 않지만, 결국 못 이기는 척 아내와 나란히 비행기에 몸을 싣고 떠나게 된다.

호프 스프링즈에서의 상담은 고난의 연속이다. 성생활 전문 상담사의 지시대로 단계별 스킨십을 숙제하듯이 해치워야 하는 것은 물론이고, 각자의 첫 경험, 좋아하는 체위와 남몰래 간직해온 은밀한 성적 판타지까지 몽땅 털어놓아야 하는 두 사람. 서로에 대한 마음만은 진심이지만 안타깝게도 몸이 따라주질 않는다. 로봇보다 더 뻣뻣하게 굳은 몸으로 어색한 스킨십을 시도하고, 서투른 표현으로 상대방의 오해를 사고, 말다툼 끝에 눈물을 흘리기도 한다. 부부의 노력은 과연 결실을 맺을 수 있을까?

<호프 스프링즈>는 다소 민망하게 느껴질 수 있는 소재를 다루지만, 부담 없이 유쾌한 기분으로 즐길 수 있는 영화다. 배우들이 캐릭터를 어찌나 매력적으로 소화하는지, 바나나 한 송이를 앞에 두고 고민에 빠진 케이가 귀엽게 느껴지기까지 한다. 이들의 모습이 이토록 사랑스럽게 그려진 데에는 '아침 식사'의 힘도 컸다고 생각한다.

달걀 프라이 두 개와 바삭한 베이컨. 이 영화 속에서 몇 번이나 등장하는 메뉴다. 호프 스프링즈의 레스토랑에 가서도 아놀드는 무뚝뚝하게 외친다.

"달걀 두 개 반숙으로, 베이컨 바삭하게!"

음식값을 너무 비싸게 받는다고 투덜거리고, 웨이트리스의 추천메뉴도 단칼에 거절해 버리는 아놀드. 30년 동안 가족의 생계를 책임지기 위해 검소한 생활을 고집해 온 가장의 뚝심이 느껴지는 장면이다.

그런 남편을 위해 케이는 매일 아침 달걀과 베이컨을

정성껏 요리했을 것이다. 둘이 부부로 사는 동안 얼마나 많은 아침 식사를 함께했을지, 그 모습이 눈앞에 절로 그려진다. 내가 자라면서 보았던 부모님의 아침이 떠오르기도 한다. 아무리 살 부벼댈 일 없는 건조한 결혼생활이라지만, 함께 마주했던 달걀 프라이의 수만큼 부부 사이에는 애정과 신뢰가 쌓여왔던 것이다. 우리 부모님 세대의 사랑이란 대개 그렇게 비슷한 모습을 하고 있었다.

영화의 마지막, 프라이팬에 달걀 두 알을 깨뜨려 넣는 장면이 다시 한번 등장한다. 여느 때와 다름없는 아침 풍경. 아, 그런데 아놀드의 태도가 이전과 달라졌다. 케이에게 끈적한 키스를 퍼붓느라 밥 먹는 것도 잊어버리고 허둥지둥 출근하는 아놀드. 부부는 완벽하게 신혼의 삶을 되찾았다.

‘호프 스프링즈(Hope Springs)’.

이 제목을 처음 봤을 땐 어설픈 영어 실력으로 해석해 ‘봄을 소망하다’라는 뜻인 줄 알았다. 봄날을 꿈꾸는, 그러니까 다시 회춘하고 싶어 하는 부부의 이야기인 것 같다고. 나중에 알고 보니 호프 스프링즈는 이들이 상담을 위해 찾은 바닷가 마을의 이름이었다. 그래도 여전히, 내 머릿속에 이 영화는 다시 행복한 봄으로 돌아간 부부의 모습으로 각인되어 있다.

다시 이 글의 시작으로 돌아가 보자.
두 개의 문, 두 개의 아침.
내가 진정 앉고 싶은 건 어느 쪽의 식탁일까?

사실 이건 둘 중 하나를 택해야 하는 문제가 아니었다. 그걸 최근에야 깨달았다. 남편이 차려준 아침밥을 먹다가. 눈곱도 떼지 않고 배를 벅벅 긁으며 밥 한 숟갈을 듬뿍 떠서 입안으로 집어넣던, 나의 신혼 밥상에서 말이다!

아직 결혼한 지 3년도 채 되지 않았는데 신혼여행지에서 먹었던 호텔 조식에 대한 기억은 벌써 흐릿해지고 부스스한 모습으로 먹는 아침 식사만 우리의 일상을 빼곡히 채우고 있었다.

아, 결혼이란 <귀여운 여인>에서 <호프 스프링즈>로 가는 기나긴 여정이었던 것이다. 하긴 1990년대의 '에드워드'와 '비비안' 커플도 30년이 지난 지금쯤은 아놀드와 케이 부부 같은 모습이 되었을지 모르는데, 왜 나는 진작 눈치채지 못했을까.

나는 이미 영화 같은 삶 속에 던져졌다. 다만 알 수 없는 것은 프로포즈의 순간에서 결혼 31년 차로 가는 그 기나긴 시간 속에 숨겨진 이야기들.

우리 부부도 처음엔 남들처럼 '아침밥' 다툼이 많았다.
아침잠이 많은 잠순이 아내와 밥 없이는 하루를 시작할 수 없는 밥돌이 남편. 그 사이에 어찌 싸움이 없었을까. 이불 속에 파묻혀 정신을 차릴 수 없는 날이나 밤을 새우다시피 컴퓨터와 씨름하는 날에는 아침 먹자고 날 부르는 남편의 소리가 그렇게 듣기가 싫었다. 다 차려놓은 밥상에 앉기만 하면 되는 건데도 먼저 먹으라는 말로 식사를 미루곤 했다.
그러다 가끔 마음이 동해 정성껏 솥밥을 안치고 구수한 누룽지까지 끓여 내놓는 날이면, 새하얀 밥알보다 더 환하게 웃는 남편의 얼굴을 보며 미안해졌다. 나는 아무래도 <호프 스프링즈>가 다 보여주지 않은 현실의 무수한 쇼트들을 감당할 수 없는 사람인 것 같았다.

몇 번의 다툼 끝, 아침밥 노동의 팔 할은 결국 남편 몫으로 자리 잡았다. 그 노동이 스트레스가 되지 않도록 우리는 단출한 밥상을 지향한다. 휘리릭 한 끼 해결하기 좋은 메뉴는 역시 달걀이다.

새우젓 넣은 달걀찜, 명란젓 넣은 달걀말이, 파 쫑쫑 썰어 넣은 달걀국. 이것도 저것도 귀찮을 땐 '간장계란밥'이 정답이다. 반찬이 있으나 없으나 고봉밥 한 그릇을 뚝딱 해치우는 남편 덕분에 나도 이제는 아침 식사를 미루지 않게 되었다.

우리 부부의 아침 식탁에 오르는 윤기 나는 밥 한 그릇, 공기에 소복이 담긴 밥의 형태는 갓 떠오르는 해처럼 둥글다.

공교롭게도, <호프 스프링즈> 속 아놀드가 즐겨 먹는 달걀 프라이 또한 아침 해와 같다. 영어로 '써니 사이드 업(sunny side up)'. 노른자를 터뜨리지 않고 한 면만 구운 모양이 꼭 둥근 해를 닮았다고 해서 붙여진 이름이다.

그래, 저 하늘의 해보다 더 눈부신 존재를 우리는 매일 아침 식탁에서 마주하고 있었다.

밤을 함께 보내자는 유혹은 달콤하다.

둘이 함께 아침을 맞이하는 순간 역시 형언할 수 없이

감미롭다.

그러나 매일 아침을 함께하는 일상은 지키기 힘든 약속이다.

수면 위 얼굴을 내밀기 시작한 아침 해처럼 봉긋하게 솟은 쌀밥이든, 하늘 위 눈부신 태양처럼 노른자 탱탱하게 살아 있는 달걀 프라이든, 혹은 그 아무것도 없이 텅 빈 식탁이라도, 중요한 건 하루의 시작을 함께하는 일.

너무 바빠 식사를 거르거나, 일 때문에 밤낮이 뒤바뀌는 생활을 하게 되더라도, 하루에 단 몇 초만이라도 얼굴을 맞대고 서로의 눈 속에 반짝이는 햇살 같은 아름다움을 놓치지 않고 들여다보는 일.

매일 아침 해를 함께 보자는 약속. 그 다짐을 지키려는 노력이 진짜 '영화 같은 삶'으로 향하는 길이 아닐까.

우리 부부의 아침은 오늘도 맑음.
매일 그렇게 하루의 예보를 전하고 싶다.

_<줄리 & 줄리아> 속 버터

우리가 함께 나눈 말, 함께 나눌 맛

Julie & Julia (2009)
노라 애프론 감독
122분

1949년, 프랑스 요리학교가 외국인 여성을 받아주지 않던 시절에 정규 과정을 마치고 오랜 노력 끝에 요리책 《프랑스 요리의 기술⁹》을 완성한 '줄리아 차일드'. 그리고 2002년, 줄리아의 책에 담긴 레시피를 일 년 안에 전부 독파하는 블로그 프로젝트를 시작한 '줄리 파웰'. 〈줄리 & 줄리아〉는 한 권의 요리책으로 이어진 두 여성의 아름다운 도전을 보여주는 영화다. 서로 다른 시대를 살았던 두 사람은 요리를 통해 삶의 방향을 되찾아 간다.

9   Mastering the Art of French Cooking

이 영화를 통해 가장 널리 알려진 요리는 부르고뉴식 소고기찜, '뵈프 부르기뇽'일 것이다. 줄리가 태워버린 실패의 요리이자, 줄리아의 책을 세상에 나오게 한 결정적인 계기가 되어 준 요리. 그녀들처럼 주황색 '르 크루제' 냄비로 뵈프 부르기뇽을 뭉근히 익히는 것은 한동안 나의 로망이기도 했다. 그러나 시간이 지날수록 묵직한 냄비가 아닌 다른 것이 자꾸 내 눈길을 잡아끌었다. 내가 새로이 발견한 몇몇 장면들에는 언제나 함께 앉은 두 남녀의 모습, 그리고 '버터'라는 재료가 녹아 있었다.

외교관 남편 '폴'을 따라 낯선 프랑스에 갓 도착한 미국인 여성 줄리아. 그녀가 남편과 함께 파리의 레스토랑에서 처음 먹게 되는 요리는 가자미 버터구이(sole meunière)다. 음식이 나온 순간부터 그녀는 그 향기에 압도되고 만다. 위대한 미술작품 앞에서 넋을 잃은 사람처럼 "버터⋯⋯"라고 나지막이 읊조리는 줄리아. 가자미 한 점을 입에 넣고 깜짝 놀란 그녀는 한 조각을 잘라 남편의 입에도 넣어준다.

“맛이 마치……”

형용할 수 없는 맛에 감탄하며 말을 잇지 못하는 줄리아. 폴은 고개를 끄덕이며 공감을 표하고 그녀의 어깨를 쓰다듬는다.

“알아, 알아.”

파리에서의 생활을 시작한 줄리아 부부의 첫 감격의 순간에 '버터'의 풍미가 함께 했다면, 뉴욕의 줄리 부부 또한 마찬가지. 줄리아의 요리책에 수록된 524개의 레시피 중 그녀가 처음으로 도전하는 요리는 달걀노른자와 녹인 버터를 섞어 만드는 '홀랜다이즈 소스'다. 그녀와 남편은 아티초크 잎을 스푼 삼아 소스를 듬뿍 찍어 먹으며 그 농밀하고 고소한 풍미를, 앞날에 대한 기대감을 실컷 맛본다.

이 영화에서 '입'은 부부가 함께 세계를 확장하며 미래로 나아가는 통로다.

상대방에게 소리를 전달할 때, 그리고 음식을 먹을 때, 우리는 '입'이라는 신체 기관을 사용한다. 성대의 떨림은

혀와 입천장, 치아의 미세한 접촉을 거치며 언어로 재탄생한다. 또 입 안의 치아와 혀 위에 분포한 미뢰, 촉촉한 구강 점막까지 동원해 요리의 질감과 맛을 느끼고, 그것을 내 몸의 일부로 소화시킨다.

“나를 따라 해 봐(Repeat after me).”

영화의 초반, 남편들이 자신의 아내에게 하는 말이다.

폴은 자신의 직업 때문에 낯선 환경에서 살아가게 된 아내를 위해 사려 깊은 프랑스어 안내자가 되어준다. 줄리아는 마치 처음 말을 배워나가는 어린아이처럼 익숙하지 않은 방식으로 혀를 놀려가며 남편을 따라 하나씩 프랑스 단어를 발음한다. 그런 그녀가 레스토랑에서 남편 폴에게 가자미 버터구이 한 점을 직접 썰어먹이는 장면은 이 영화의 사랑스러운 순간들 중 하나다. 이 순간만큼은 반대 입장이 되어 남편 폴이 어린아이처럼 그녀가 건네는 한 입을 받아들인다.

한편, 줄리는 자신을 괴롭히는 부정적인 생각을 남편 ‘에릭’이 심어주는 문장을 통해 바꿔나간다. 상황을 좋은 쪽으로 보게 하는 말, 내면의 용기를 북돋워 주는 말 덕에 줄리는 새로운 도전을 시작할 수 있었고, 에릭은 그녀의 손끝에서 탄생한 프랑스 요리의 진수를 매일 맛볼 수 있게 되었다.

두 사람이 함께 언어와 음식을 나누고 새로운 것들을 경험해 나가며 쌓아 올린 시간의 힘이 얼마나 강력한 것인지를 보여주는 장면 또한 '버터'와 관련이 있다.

"화이트와인 식초를 졸인 것과 버터를 잘 섞으면, …… 산뜻하고 가벼운 거품이 크림처럼 환상적이고 부드러우면서……"

줄리아는 여동생에게 '뵈르 블랑(beurre blanc)'에 대해 이야기하다 또 한 번 말을 잇지 못한다. 그녀가 찾아 헤매던 마지막 단어 하나는 남편 폴에 의해 채워진다.

"톡 쏘지(Tangy). 톡 쏘는 맛이 나(It has a tanginess)."

그 순간, 줄리아는 사랑에 빠진 눈으로 남편을 바라본다. '뵈르 블랑'이라는 소스를 먹어본 적이 있는 사람만이 이해하고 공감할 수 있는 맛. 둘이 정해 놓은 비밀언어처럼 서로의 마음을 딱 관통하는 표현. 그렇게 맛과 말은 두 사람을 영혼의 단짝으로 묶어 놓는다.

누가 나에게 '뵈르 블랑'의 맛을 묻는다면 뭐라고 설명하게 될까. '뵈르 블랑'을 배우고 만들어 본 적은 있지만 일상의 식탁에서 먹을 일이 없는 나는 기껏해야 '음, 버터가 들어갔지만 느끼하지는 않고 진한 풍미가 느껴지면서 살짝 새콤한 맛?' 정도로 답할 것이다. 영어로는 더 짧아진다. 머리를 쥐어짜도 입에서 나오는 말은 'creamy and sour' 뿐이다.

대신 우리 부부는 한식 앞에서 말이 많아진다. 제주 출신 아내와 부산 남편. 바다에서 올라온 것들이 익숙한 우리는 특히 비릿한 것들에 환장한다. 내가 친정에 다녀온 후 짐을 풀면서 멸치젓과 자리젓 한 통씩 꺼내놓으면 남편은 말한다.

"제주도에서 험한 것[10]이 왔네."

생선 단백질이 분해되는 과정에서 생겨나는 특유의 냄새는 어떤 이에게는 악취로 느껴질 만큼 강렬하다. 하지만

10　inspired by <파묘(2024)>

그건 아미노산이 녹아 나올 대로 녹아 나왔다는 증거다. 우리 부부는 그 냄새에 침을 꿀꺽 삼킨다. 썩힘과 삭힘 사이의 경계를 아슬아슬하게 가로지르는 맛. 그것은 밥도둑 수준이 아니라 밥솥 하나를 해치울 정도로 '험한 것'이다. 레벨로 분류하자면 멸치젓은 1단계, 자리젓은 그보다 훨씬 강력하다.

"오빠, 자리젓은 뭔가 좀 '쐐애~~' 하죠?"

"그치? 진짜 쐐애~~ 하네."

우리의 대화는 이런 식이다. 이걸 먹어보지 않은 사람에게는 와닿지 않을 표현들이 신혼의 식탁 위를 오간다.

영화 속 부부들에게 '버터'가 있다면, 우리 부부에게는 소금이 있다. 바다에서 온 비린 것들이 '썩힘'의 단계로 가지 않고 '삭힘'의 미학을 펼칠 수 있는 건 소금 덕분이다. 멸치젓과 자리젓에는 소금이 켜켜이 녹아들어 있다. 남편이 나를 통해 알게 된 옥돔, 내가 남편을 통해 알게 된 침조기의 맛은 소금과 바람, 햇살이 만들었다. 꾸덕하게 마른 생선살, 그 살점에서 느껴지는 짭짤하면서도 구수한 풍미. 특히나 이 말린 생선들은 명절 차례상에 올리는 음식이라 더 각별하다.

침조기와 각종 전을 넣어 끓인 ‘간국’도 결혼 이후에 새롭게 알게 된 맛이다. 긴 연휴의 끝자락에 남은 음식을 처리하기 위해 끓이는 ‘전찌개’와 원리는 비슷하지만, 여기서 메인 재료는 생선이다. 소금 뿌려 말리고, 증기로 쪄내고, 팬에 구웠던 침조기를 이번에는 멸치육수에 빠뜨려 보글보글 끓인다. 칼칼한 양념을 더한다. 그 조리 과정만큼이나 국물에 우러난 맛도 복잡다단하다. 바다가 녹아 있는 듯한 짭쪼름하면서도 깊은 그 맛은 정말… 뭐라 형용할 수가 없다.

어젯밤, 술자리에서 돌아온 남편에게 ‘간국’의 맛을 설명해달라 물었더니 이런 답이 돌아왔다.

“나한테 간국은… 먹고 있으면서도 그리워지는 음식이지. 언젠가 어머니가 돌아가시고 나면 이 맛도 세상에서 사라지는 거니까.”

술기운의 힘을 빌려서인지, 장난기 넘치는 보통 때와는 달리 진지해진 남편을 바라보다 나는 다시금 영화 속 장면 하나를 떠올렸다.

시종일관 밝은 모습으로 부엌에서 요리하는 줄리아가 딱 한 번, 우는 모습을 보일 때가 있다.

동생의 임신 소식이 적힌 편지를 받아 들고 기쁜 소식이라고 말하면서도 슬픔을 참지 못하고 눈물을 흘리는 줄리아. 마흔이 넘은 나이에 결혼한 부부의 사정이 짐작되는 대목이다. 그러나 내가 그 심정까지 다 안다고 할 수 있을까. 줄리아를 위로할 수 있는 건 폴뿐이다.

처음 가자미 버터구이의 맛을 보던 그날처럼, 그는 말한다. 알아.

"당신 맘 알아(I know)."

그는 줄리아의 어깨를 감싸 안는다. 남편보다 키가 더 큰 줄리아지만 이 순간 그녀가 기댄 품은 더없이 크고 아늑하다. 그녀는 그 안에서 마음껏 소리 내 운다.

I know.

이 말은 당신의 마음속에 있는 그것이 지금 나의 마음에도 있음을 알리는 표현이다. 그러니 다른 말은 필요하지 않다. 설명하려 애쓸 필요 없다. 입을 통해 나눴던 무수한 맛과 말들이 사라지지 않고 남아 둘 사이를 단단히 묶어 주었다.

이 영화의 제목은 줄리와 줄리아 두 여성을 주인공으로 부각시키지만, 그녀의 남편들 또한 못지않은 주역이다. 출판사로부터 거절 편지를 받는 데 지친 줄리아에게 당신의 책은 세상을 바꿀 거라고 호언장담하는 폴. 아득했던 꿈이 성큼 가까워졌을 때 '나 작가가 되려나 봐'하고 얼떨떨한 표정을 짓는 줄리에게 '당신은 이미 작가야'라고 말해주는 에릭. 두 사람의 응원과 지지가 없었다면 줄리와 줄리아의 도전은 미완성으로 끝나지 않았을까.

"당신은 내 빵의 버터이자 내 삶의 숨결이야(You are the butter to my bread, and the breath to my life)."

프랑스 요리를 향한 여정의 시작점에 놓인 줄리아에게 폴이 하는 말, 1년의 도전을 모두 마친 줄리가 에릭에게 하는 말은 식탁 위를 건너 전해지는 아름다운 고백이다.

<줄리 & 줄리아>를 보는 나의 시선이 처음엔 주황색 '르 크루제' 냄비에 머물렀다가 후에 '버터'로 옮겨가게 된 건, 당연한 수순이었다. 영화가 갓 개봉했을 때 나는 꿈과 현실 사이에서 방황하는 대학생이었으니까. 내 이름으로 된 책 한 권을 출간하게 된 건 그로부터 10년도 더 지난 후

의 일이다. 그리고 첫 책을 준비할 무렵 곁에서 묵묵히 나를 지켜주던 한 사람이 지금은 나의 남편이 되어 있다.

몇 년 사이 얻게 된 '아내', 그리고 '작가'라는 호칭이 아직은 어색하다. 어떤 자리에서 '작가님'이라고 불릴 때면 쥐구멍에라도 숨고 싶어진다. 그러나 언젠가, 스스로에게 부끄럽지 않은 진짜 작가가 될 수 있다면, 그게 누구의 덕일지는 이미 잘 알고 있다.

당당한 작가가 되어 많은 사람 앞에 서게 되었을 때, 모두가 보는 앞에서 남편에게 말하고 싶다.

당신은 내 부엌의 소금이자 내 삶의 숨결이라고. 당신이 있어 나의 세계는 더 깊어졌고⋯ 그 뒤로 온갖 미사여구를 붙이고 싶지만, 보나 마나 첫입을 떼기도 전에 나는 얼굴을 일그러뜨리며 으앙 하고 울게 되겠지. 그러면 남편은 나를 토닥이며 말할 것이다.

"알아, 알아."

영화로운 레시피②: 망각의 술잔을 높이 든 그대여

_<이터널 선샤인> 속 '조엘'에게

Eternal Sunshine Of The Spotless Mind (2005)
미셸 공드리 감독
107분

수신: 조엘

발신: 이별극복연구소

안녕하십니까.

이곳은 이별의 상처에 아파하는 사람들을 위한 이별극복연구소입니다.

이번 분기 진행되는 '이별 극복의 밤'에 귀하를 초대합니다.

본 행사는 이별의 경험이 최소 1회 이상 있는 자를 대상으로 하며,

매달리지 않고도 상대의 마음을 되돌릴 수 있는 화술을 배워보는 스피치 강연, 새로운 인연을 만나기 위한 단체 미팅, 예기치 못한 상황에 대비하기 위한 이별 모의 훈련 등 유익한 프로그램이 마련되어 있습니다.

저녁 식사로는 '이별에 대처하는 식탁'이 제공될 예정이니, 특별히 원하는 코스가 있다면 체크 후 회신 바랍니다.

☐A코스: 망각을 위한 식탁.

　　　(위스키 무료 제공. 조기 소진될 수 있으니 주의.)

☐B코스: 기억을 위한 식탁.

　　　(편육과 막걸리 등 한식 포함.)

안녕, 조엘.

봉투를 뜯어 보고 깜짝 놀랐죠?

<이터널 선샤인>을 보고 난 후, 나라면 이별의 상처를 어떻게 극복하게 될까 고민하다 이런 연구소를 상상해 봤

어요. 이별이란 건 아무리 여러 번 겪어도 좀처럼 맷집이 생기지 않고 늘 처음처럼 아픈 법이잖아요.

조엘, 우선 당신 이야기를 조금 해볼게요.
내가 영화를 통해 본 이야기는, 지금의 당신에게는 이미 사라져버린 기억일 테니까요.

당신과 클레멘타인은 어느 바닷가에서 처음 만났고, 사랑에 빠졌고, 헤어졌어요. 이별 후 둘은 서로를 지워버리기로 결심하죠. 원하는 기억을 지워주는 '라쿠나' 주식회사에 찾아가서요.
하지만 기억을 지우는 동안에도 당신의 마음은 끝까지 저항했답니다. 부서지는 세계 속에서 이것만은 남겨 달라 애원하기도 하고, 다른 기억 속으로 그녀를 숨기려 애썼죠. 그래도 결국 기억은 삭제되어, 당신은 아무 일도 없었던 사람처럼 하루를 시작하게 돼요.

그리고, 이제 여기서부터는 당신도 아는 이야기예요.

몬토크 바닷가에서 둘은 다시 만났고, 처음인 것 같은

대화를 시작하죠. 그녀가 만든 칵테일 '블루 루인'을 함께
마시면서요.

그러다 문제의 우편물을 받고 만 거에요.
'라쿠나' 직원의 내부고발을 통해 도착한 그 우편물 속
에는 마주하고 싶지 않은 진실이 담겨 있었어요. 상대가
싫어진 이유, 상대를 향한 독설, 그 상처의 순간들이 모두
녹음되어 있었죠.

맨정신으로는 버틸 수 없는 혼란에 놓인 클레멘타인은
술을 청해요. 당신은 찬장에서 위스키를 꺼내 클레멘타인
에게 따라주고요.
이때, 당신이 기억하는 것보다 술병에 남은 양이 적었
잖아요? 그 이유를 제가 알고 있어요.

그건 '라쿠나'의 직원 메리가 먼저 마셔버렸기 때문이
에요.
당신이 기억을 지우기 위해 장비를 착용하고 누워 있는
동안, 그녀는 당신 집 찬장을 뒤져 술병을 꺼내놓는답니
다. 뭐가 그리 신났는지, 자신 또한 과거의 상처를 지워버

렸다는 사실은 까맣게 모른 채로 술 한 잔을 들이키며 니체의 말을 낭독하죠.

"망각하는 자는 복이 있나니, 자기 실수조차 잊기 때문이라."

반대로 자기 실수조차 다시 떠올려버린 당신과 클레멘타인은 얼마나 마음이 복잡했을까요. 이제 막 사랑을 시작한 줄 알았는데, 이미 한 번 헤어진 사이였다니. 다시 사랑을 시작한들 그 결말은 뻔해 보였어요.
하지만 둘은 의외의 선택을 보여줬지요.

"어차피 또 상처받을 거야."
"그래도 좋아."

그렇게 같은 사람과 같은 사랑을 다시 시작해요.

조엘, 저는 결혼을 하면서 앞으로 내 인생에 실연의 상처는 없을 거라 믿었어요.
하지만 곧 알게 되었죠. 이제 내게 남은 건, 그동안 겪어

본 적 없는 가장 큰 이별의 고통이라는 사실을요. 사랑하는 사람이 세상을 떠나게 되는 순간은 당장 오늘이라도 찾아올 수 있다는 사실을요. 그 가능성을 생각하는 것만으로도 마음 한쪽이 서늘해집니다.

만약 그런 날이 온다면, 나는 어떻게 아픔을 견뎌낼 수 있을까요.

조엘,

당신과 클레멘타인이 '진짜로' 처음 만났던 날 먹은 음식을 기억하는지 궁금해요.

해변가에 클레멘타인이 서 있었고, 당신은 어느 집 계단에 걸터앉아 한 손에는 접시를 든 채로 그녀의 모습을 바라보고 있었지요. 그런데 문득 정신을 차려 보니 그녀가 당신 옆에 와 있었고, 접시에 놓인 치킨을 향해 손을 뻗으며 묻는 거예요.

"치킨 한 조각만 빌려도 돼요?"

그 첫 만남이 참 귀엽다고 생각했어요.

저와 남편이 처음 만났던 날에도 음식이 함께 했어요. 어느 독서 모임 뒤풀이 자리였죠. 치킨과 편육이 놓인 테이블에 앉아 모두가 술을 따르며 친분을 쌓느라 여념이 없는데, 한 사람만 저 구석에서 우다다 칼질을 하고 있는 거예요. 잠시 후 그 사람이 내 옆으로 와 말을 걸었어요. 얇게 썬 고추와 다진 마늘이 든 새우젓 양념장을 내려놓으면서요.

"편육 싫어하세요?"

"아뇨, 편육 좋아하는데. 새우젓이랑 머으려고 기다리고 있었어요."

"드실 줄 아시네요."

그게 우리의 첫 시작이었지요.

조엘, 문득 이런 생각이 들어요.

머릿속에 입력된 데이터를 전부 삭제한 후에도 심장이 여전히 같은 사람을 향해 뛰는 건, 두 사람이 함께 먹은 음식이 피가 되어 몸 구석구석에 흐르고 있기 때문이진 않을까 하고요. 그러니 연인에 대한 기억을 지워버린다는 건 애초에 불가능한 일이 아닐까요?

조엘, 나는 당신과 클레멘타인이 오래도록 행복하게 살아가기를 빕니다.

그러나 혹시, 우리에게 연인을 먼저 떠나보내야만 하는 순간이 찾아온다면,

우리 이렇게 하기로 해요.

망각의 술잔을 내려놓고, 소중한 기억을 붙잡아요.

망각의 기쁨보다는 기억의 고통을 택해요.

연인과 함께한 기나긴 세월의 끝에 닥칠 이별의 순간과 그 이후에 따라올 그리움이 얼마나 큰 고통일지 아직은 짐작조차 할 수 없어도.

그것을 기꺼이 내 몫으로 받아들일 수 있게, 나에게 용기를 주세요.

여긴 이별극복연구소는 아니지만, 당신을 초대합니다.

'용기 있는 자들의 밤'에 놀러 오세요.

저는 기억을 위한 식탁을 차려두고 당신을 기다리고 있을게요.

치킨과 블루 루인 칵테일,

편육과 막걸리가 놓인 식탁에 둘러앉아

사랑이 시작되는 순간의 기억을 꼭꼭 음미하다 보면,

우리는 실감하게 될지도 몰라요.

이건 결코 지울 수 없는 종류의 맛이라는 사실을요.

Act III.

그녀의 부엌이
내게 가르쳐준 것들

"모든 건 그들이 먹은 무언가로부터 시작되죠."

_외제니, 프랑스 | 프렌치 수프

후루룩, 그 소박한 한 가닥에 담긴 마음
_<사랑의 레시피> 속 토마토 스파게티

No Reservations (2007)
스콧 힉스 감독
104분

바란 적 없는 사건들이 해일처럼 태풍처럼 나를 덮쳐올 때, 이렇게 대처할 수 있다면 얼마나 좋을까.

—재난: 똑똑, 손님입니다.

—나: 예약하셨나요?

—재난: 아니요.

—나: 죄송합니다. 예약 없이는 들어오시면 안 됩니다.

—재난: 테이블 하나만 주시면 되는데요.

—나: 안 돼. 자리 없어. 돌아가.

하지만 예약 없이도 일어날 일은 일어나고야 만다. 평

화로웠던 일상은 언제나, 예기치 못했던 순간에 산산조각
으로 부서진다.

영화 <사랑의 레시피> 원제는 'No Reservations'. 이
영화 속 주인공 '케이트'에게도 재난이 찾아온다. 먼 곳에
사는 언니와 조카가 놀러 오기로 했던 주말, 즐거운 만남
을 기대했건만 그녀에게 날아든 소식은 언니의 부고였다.
갑작스러운 교통사고로 언니를 떠나보낸 케이트. 하지만
마음껏 슬퍼할 여유조차 없다. 언니의 딸이자 자신에게 남
은 유일한 가족인 '조이'를 돌봐야 하기 때문이다.

프렌치 레스토랑 총주방장으로서 요리사들을 지휘하
고 수십 가지 요리를 완벽하게 만들어 내던 케이트의 일상
은 속수무책으로 휘청거리기 시작한다. 특히 케이트가 애
를 먹는 건 조이의 식사 문제다. 아무리 이모 말을 잘 듣는
착한 아이라 할지라도, 엄마를 잃은 상처가 그리 쉽게 회
복될 리 없다. 부쩍 말수가 줄어든 조이는 케이트가 차려
놓은 식탁에서 무엇 하나 먹지 못하고 자리를 떠나길 반복
한다. 케이트가 실력을 발휘해 정성껏 만든 생선 요리도,
혹시나 하는 마음에 공수해 온 어린이 취향의 냉동식품도,
조이의 입을 열지 못한다.

이러한 상황에서 케이트 앞에 한 남자가 등장한다. 이탈리안 레스토랑에서 부주방장을 맡았었다는 요리사 '닉'. 갑작스럽게 주어진 엄마 역할도 버거운데 총주방장 자리마저 위태로워졌다는 생각에 케이트는 닉을 향해 경계의 칼날을 세운다.

그러던 어느 날, 믿을 만한 보모를 구하지 못한 케이트는 조이와 함께 주방으로 출근을 하게 된다. 조이는 구석에 놓인 조리대에 앉아 조용히 시간을 보낸다. 긴장과 호기심과 슬픔이 뒤섞인 눈빛으로 멍하니 주방의 풍경을 바라보는 조이. 그런 아이의 곁으로 닉은 슬며시 다가간다. 그리고 싱그러운 초록 잎다발을 건넨다.

"냄새 맡아봐. '바질'이야."

원 푸아그라, 투 타르타르, 요리사들이 외치는 소리가 소란스레 허공을 오가는 주방에서 그는 심플한 토마토 스파게티 한 접시를 가져오고는 아이 옆에 앉는다. 바질 잎 몇 개를 위에 얹어 포크로 면발을 들어 올린다. 후루룩 한 입을 빨아들인 후 혼잣말처럼 내뱉는 단어.

"맛있다. (Good.)"

닉의 행동은 단박에 조이의 관심을 끌어당긴다. 동그란 눈동자가 자신을 바라보는 걸 느끼면서도 그는 밀려드는 주문을 처리하러 가는 척, 아이에게 접시를 맡긴다.

먹으라고 시킨 적은 없고 단지 '들고 있어'라고만 했지만, 잠시 눈치를 살피던 조이는 포크를 손에 쥐고 스파게티 면발을 입안으로 빨아들인다. 후루룩후루룩. 들릴 듯 말 듯 소리가 울려 퍼진다. 그 모습에 케이트도 오랜만에 안도의 미소를 짓는다.

이후로 조이는 생기를 되찾는다. 그리고 이모 케이트를 위한 휴일 만찬을 닉과 함께 준비할 정도로 회복되어 간다. 밀림의 사자처럼 주방에서 늘 날카롭고 사나웠던 케이트가 마음의 문을 열고 진정한 식사의 기쁨을 알게 되기까지, <사랑의 레시피>가 그려내는 변화의 시작점은 바로 이 평범한 토마토 스파게티 한 입에서부터였다.

아무리 배가 부를 때도, 입맛이 없을 때도, 옆에 앉은 누군가 면발을 빨아들이고 있으면 그 소리만으로도 벌써 허기가 진다. 주말 오후의 비빔국수나 야심한 밤의 라면이라면 무조건 '한 입만!'을 외칠 수밖에 없다. 다 큰 어른이 되어서도 그런데, 어린아이 입장에서는 오죽했을까.

닉의 입으로 들어가는 스파게티 면발을 가만히 지켜보던 조이. 어느새 내 머릿속에는 오래전 어느 날의 '후루룩' 소리가 재생되고 있었다.

후루룩. 아니다. 면발이 굵었으니 후룩, 후룩에 더 가까웠을까. 대여섯 살쯤 되었을 나의 시선은 벌써 몇 분째 외삼촌을 향해 고정되어 있다. 작은 밥상, 거기에 놓인 냄비, 그 안에 담긴 라면, 그리고 면발을 빨아들이고 있는 외삼촌의 입을 향해서.

외삼촌은 엄마와 나이 터울이 많아 거의 외할아버지뻘이라고 해도 좋을 정도였다. 일찍 돌아가신 외할아버지를 대신하는 실제 집안의 가장이기도 했다. 태어나 몇 번 뵌 적 없는 나이 많은 남자 어른. 어색하고 어려웠을 법도 한데 낯을 가리긴커녕 무슨 삼일 쫄쫄 굶은 아이처럼 넋 놓고 바라보았나 보다. 외삼촌은 젓가락질을 멈추고 나에게 손짓하셨다.

"미양아, 이리 와 봐."

외삼촌은 면발 한 가닥을 건지고는 후후 여러 번 불어

조심스레 나의 입에 넣어주셨다. 호로록 소리와 동시에 머릿속에 별이 지나갔다. 혀가 불에 덴 듯 뜨거웠다. 눈물이 핑 돌았다. 맵다. 화들짝 놀라 물 한 컵을 벌컥벌컥 들이마셨다. 그 모습에 외삼촌이 껄껄 웃으신 것 같기도 하다. 그런데 신기하게도, 매운 기가 가시자 그 맛이 다시 생각났다. 한 가닥이 다시 먹고 싶어졌다. 한 가닥이 두 가닥이 되고, 두 가닥이 세 가닥이 되었다. 한입 더, 또 한 입 더.

아이가 먹기에 지나치게 매웠던, 하지만 중독성이 엄청났던 오동통한 면발의 정체는 바로 '너구리'였다. 그날 이후 내가 외삼촌과 가까워진 것은 아니다. 외삼촌과 말 몇 마디 나눠본 기억조차 없다. 그러나 '너구리'의 맛이 심심하게 느껴질 정도로 키가 자라고 나이가 들었어도, 면발 한 가닥이 입안으로 들어오던 그 첫 순간만큼은 강렬하게 뇌리에 남아 있다.

처음엔 몰랐다. 그 어린 시절의 기억이 왜 이렇게도 또렷한지. 조이의 스파게티를 보며 나는 왜 내 인생 첫 '너구리'를 떠올렸는지. 훗날, 누군가 나의 식탁에 '예약 없이' 찾아와 앉아 있는 모습을 발견하기 전까지는.

그날은 국수 먹는 날, 정확히는 내가 사람들에게 국수 한 그릇 대접하는 날이었다.

결혼식은 내가 자리 잡은 곳이자 신랑의 고향이기도 한 부산에서 치러졌다. 본식이 끝나고, 숨통을 조이는 드레스에서 빠져나와 황급히 옷을 갈아입고 내려간 피로연장. 그곳엔 익숙한 얼굴이 절반, 낯선 얼굴이 절반이었다.

제주에서 올라온 반가운 가족들에게, 부산에 살고 있는 신랑 측 손님과 시댁 식구들에게, 누구 하나 빠뜨리지 않고 인사를 드리기 위해 남편과 손잡고 테이블 사이사이를 누볐다. 입가가 떨리도록 미소를 지었다.

얼마의 시간이 지났을까. 이제 다 끝났다 싶어 긴장이 풀어질 즈음 눈에 들어온 낯익은, 아니 낯선, 아니 낯익은 얼굴 하나. 그는 외사촌 오빠였다. 내 기억 속 손지창처럼 잘생긴 연예인 같았던 외사촌 오빠가 이제는 귀밑머리가 희끗희끗해진 채로 나를 바라보고 있었다. 몇십 년 전 뵈었던 그 옛날의 외삼촌과 꼭 닮은 눈동자를 하고서.

외사촌 오빠는 고향을 떠나 강원도에 자리를 잡은 지 오래였다. 그 후로 볼 기회가 거의 없었고, 몇 년 전 외삼촌이 돌아가신 후로는 더더욱 왕래가 힘든 사이였다. 나는 청첩장을 드릴 생각조차 하지 못했는데, 건너 건너 소식을 듣고 내려오신 거였다.

꼬꼬마 시절 잠깐 본 게 전부인 사촌 여자애의 결혼식에 참석하기 위해, 강원도에서 부산까지 장장 500km 거리를 운전해 내려오는 손님이 내게 있을 줄은 정말 꿈에도 몰랐다.

혈육이란 건, 인연이란 건, 이렇게 굽이굽이 끊어질 듯 끊어지지 않고 길게 길게 내 곁을 맴도는 것이구나. 난생처음 경험하는 감정에 눈물이 핑 돌았다. 불에 데인 듯 마음이 뜨거워졌다. 아주 오래전, 외삼촌이 입에 넣어주셨던 너구리 라면 한 가닥을 씹어 삼키던 그날의 기억처럼.

어디 외가 사람들뿐일까. 나에게 새로운 맛을 보여주고 소박한 기쁨을 선물해 준 사람은 차고 넘친다.

설탕 조금에 간장 쪼르륵 참기름 쪼륵 그렇게만 넣은 것 같은데도 너무나 맛있었던, 할머니의 간장국수. 레슨비를 몇 달이나 밀린 나에게 싫은 내색도 하지 않고 되레 콩국수 한 가닥을 입에 물려주시던 피아노학원 선생님. 대학 시절 경차 한 대에 일곱 명이 구겨 타고 가서 먹었던 대전의 '오씨칼국수'. 그 칼국수 맛을 보여주기 위해 후배들의 시끄러운 수다를 참아가며 차를 몰았던 대학 선배. 밀가루 좋아하는 며느리가 방문하는 날이면 아침부터 멸치육수 한 솥 끓여놓고 기다리시는 어머님.

그들 없이, 그들이 건네는 한 가닥 한 가닥의 마음 없이, 내가 어떻게 어른이 될 수 있었을까.

"삶에 관한 요리책이 있었으면 좋겠어요. 뭘 어떻게 할지 알 수 있게요."

영화의 결말에 이르러, 케이트가 상담사에게 털어놓는 말이다. 그러나 그녀는 이미 정답을 알고 있다.

우리의 삶은 저녁 영업을 시작한 레스토랑과도 같다. VIP가 찾아올지 불청객이 찾아올지 알 수 없는 상황 속에서도 우리는 테이블을 세팅하고 문을 열어야 한다. 주방에 불을 밝히고 소스를 졸이고 메추리를 구워야만 한다. 수십 수백 번 레시피를 수정하고 공을 들여도, 재난 같은 사건은 또 언제고 벌컥 문을 열고 들어와 우리의 삶을 덮치고 마구 부숴댈 것이다.

하지만, 그럴 때마다 우리를 다시 웃게 하는 것 또한 불시에 찾아온다. 초대한 적 없어도 나를 위해 털썩 밥상에 마주 앉는 손님이 있다. 예약한 적 없어도 선뜻 나를 자신의 밥상으로 초대하는 귀한 사람들이 있다. 계산 없이 건네는 애정, 굳어 있던 입을 열게 하는 진심. 그러한 것들이 모이고 모여 삶의 레시피는 마침내 완성되는 것이 아닐까.

케이트의 완벽한 트러플 소스 메추리를 찬양하던 닉의 대사 한 줄을 비틀어 난 이렇게 말하고 싶다.
"드리고 싶은 말씀은 이 세상은 암흑과 절망뿐이란 거죠.
우리가 서로에게 내어주는 한 가닥의 호의, 한 가닥의 선의가 없다면요.[11]"

---

11 본래의 대사는 이것이다. "드리고 싶은 말씀은, 이 세상은 암흑과 절망뿐이란 거죠. 당신의 송로소스 메추리가 없다면요."

가족이 된다는 것, 식구가 된다는 것
_<바닷마을 다이어리> 속 잔멸치 덮밥과 매실주

海街diary / Our Little Sister (2015)
고레에다 히로카즈 감독
128분

어린 날의 내 기억 속에는, 골목 안쪽으로 쭉 들어가면 보이는 집이 하나 있다.

발을 들여놓기가 참 무섭고 힘들었던, 마당 수돗가 주변을 뽈뽈거리며 옆으로 지나가는 작은 게조차 날 떨리게 만들었던, 바닷가 어느 마을의 낯선 집 한 채.

내가 열 살쯤 되었을 무렵의 일이다. 낯선 남자가 학교로 날 찾아왔다. 그는 자신이 내 할아버지라고 말했다. 이상한 사람 같았다. 내 할아버지는 유치원 때 돌아가셨으니까. 할아버지가 그리워 매일 울기도 했었으니까. 그런데 그의 말은 거짓이 아니었다.

며칠 후, 엄마 아빠는 나를 데리고 본가로 갔다. 왜 아빠는 아빠가 둘이나 있는 건지 이유를 제대로 이해하지 못한 채, 집 안으로 들어섰다. 할아버지, 그리고 처음 보는 어른들이 있었다. 삼촌들, 고모들, 그리고 그분들이 '어머니'라 부르는 분. 거기에 나보다 작은 아이들까지 모여 마루를 꽉 채우고 있었다.

몸이 굳어오는 기분이었다. 필사적으로 입꼬리를 끌어올렸다. 안녕하세요오오— 공손하게 인사를 했다. 어른들은 두 팔 벌려 나를 환영했다. 오랜만에 온 가족이 다 모였다며 푸짐한 상이 차려졌다. 밥을 먹고 나자 어른들의 대화는 길어졌고, 나를 힐끗힐끗 바라보는 시선이 느껴졌다.

지루함을 견디다 못했는지, 아이들이 장기자랑을 시작했다. 노래를 부르고 태권도 발차기를 선보였다. 어른들은 지갑을 열었고, 천 원짜리 지폐를 받아 든 아이들은 신이 나서 소리를 질렀다. 지붕 아래 웃음소리가 크게 울려 퍼졌다. 그 풍경을 나는 한 발짝 뒤에서 바라만 보고 있었다. 그때, 누군가 내 손을 잡았다.

"언니, 우리도 나가자!"

나와 키가 비슷한 여자아이였다.

아이는 내 손을 잡아끌고 어른들 앞으로 달려갔다. 그리고 갑자기 노래를 부르기 시작했다.

"우린 닮았어. 얼굴도 행동도 모두 똑같아. 우린 두 쌍둥이!"

당시 TV에서 인기를 끌었던 동요 <세 쌍둥이>였다. 개사하자고 약속한 적도 없는데 아이의 입에서는 '두 쌍둥이'라는 단어가 흘러나왔다.

"그러네. 이렇게 보니까 미양이랑 혜연이 이목구비가 닮았어."

"완전 쌍둥이다, 쌍둥이!"

어른들이 웃으며 말했다. 박수가 쏟아졌다.

그 순간 내가 얼마나 기뻤었는지. 그 아이는, 나의 사촌 동생은, 아마 모를 것이다.

영화 <바닷마을 다이어리> 속 '스즈'에게도 비슷한 순간이 있었다.

고등학생 스즈는 어린 나이에 어머니를 떠나보내고 이젠 아버지마저 잃어 외톨이가 되었다. 스즈는 아버지의 장례식장에서 처음으로 세 자매를 만난다. '사치', '치카', '요시노'. 그녀들은 스즈의 이복자매다. 장례를 치른 후 넷은 다 함께 스즈가 좋아하는 언덕에 올랐다가 기차역으로 향한다. 집으로 돌아가기 위한 기차에 올라탄 세 자매, 그리고 그녀들을 배웅하는 스즈.

그런데, 기차가 막 출발하려는 순간에 맏언니 사치가 스즈를 향해 손을 내민다.

"우리랑 같이 살래? 넷이서."

복잡한 가정사 속 뒤늦게야 마주하게 된 이복동생의 존재가 어색할 법도 한데, 스즈를 대하는 세 자매의 태도는 스스럼이 없다. 스즈가 집에 오자마자 큰 언니는 바쁘게 밥부터 차려놓는다.

영화는 그렇게 한데 모여 같은 음식을 먹기 시작한 네 사람이 사계절을 통과하는 모습을 찬찬히 그려나간다.

그중에서도 바닷가 마을[12]의 여름 별미, 잔멸치 덮밥(시

---

12   이 영화의 배경이 되는 곳은 일본 가나가와현 가마쿠라시. 시라스동은 가마쿠라를 대표하는 음식이라고 한다.

라스동)은 내가 이 영화에서 가장 좋아하는 장면이다.

스즈가 친구들과 동네 바다로 놀러 갔던 날. 해안에 정박한 작은 배에서는 어부들이 열심히 잔멸치를 소쿠리에 쏟아붓는다. 바다의 윤슬처럼 자잘하게 반짝이는 그 멸치들을 증기에 쪄내고 식히는 과정을 스즈와 친구들이 함께 거든다. 손에는 잔멸치 한 봉지씩 들고서 발걸음도 가볍게 집으로 돌아가는 아이들.

그날 저녁, 네 자매의 둥근 밥상에는 잔멸치 덮밥이 놓였다.

영화 초반, 아버지의 부고를 전해 받은 세 자매가 밥을 먹는 장면에서도 그녀들은 둥근 밥상에 앉아 있었다. 카메라는 앉은 사람의 눈높이에서 수평으로 그녀들의 모습을 담아낸다. 한 자리가 비어 있지만 화면은 허전하지 않다. 오히려, 가리는 것 없이 셋의 얼굴을 고루 담을 수 있어 구도가 더없이 안정적이다.

이제는 그 자리에 한 사람이 더 앉았다. 카메라가 처음과 비슷한 위치에서 이들을 담아낼 때, 막내 스즈는 뒷모습만 보인다. 잔멸치 덮밥을 함께 먹는 그 순간, 화면을 채우는 것은 스즈의 둥글둥글한 뒤통수와 초롱초롱 빛나는 세 사람의 눈동자. 언니들은 잔멸치 덮밥을 처음 맛보는 스즈의 반응이 궁금해 묻는다.

"어때?"
"맛있어요."
"그렇지?"
"잔멸치 덮밥은 여기밖에 없어."

그 반짝이는 눈빛을 나도 받아본 적이 있다. 사촌 동생의 집에 놀러 갔던 날, 그녀는 내게 떡볶이를 만들어 주었다. 이미 몇 번 혼자 해 먹었는지 그 작은 손을 꼬물꼬물 야무지게도 움직이는데, 조리 방식이 내가 알던 것과 달랐다.

동생은 먼저 껍데기 붙은 오겹살부터 굽기 시작했다. 고소한 냄새가 피어올라 '이대로 그냥 먹었으면 좋겠다' 싶을 때쯤 고추장이 들어갔다. 그리고 얼마 후, 기다란 가래떡이 아닌 떡국떡을 넣고 물을 자작하게 부어 조린 '오겹살 떡볶이'가 마침내 완성되었다.

태어나 처음 먹어보는 음식이었다. 동생은 설레는 얼굴로 내게 감상을 물었다. 하지만 뭐 말할 필요도 없었다. 동생과 나는 돼지고기를 좋아하는 입맛 또한 쌍둥이처럼 똑같았으니까.

어른들이 없는 집에 둘이 앉아 방학 숙제를 하거나 학습지를 푸는 그런 날에, 우리는 함께 오겹살 떡볶이를 먹고, 웃고 떠들며 시간을 보냈다. 그 후로 성인이 되어 서로 다른 지역으로 떠나가면서 자주 볼 수 없게 되었지만.

가족이라고 해서 언제까지고 한 지붕 아래 머무를 수는 없다. 서로 다른 존재인 사람들이 매 순간을 함께 보내며 똑같은 기억을 쌓아간다는 건 불가능한 일이다. 그러나 서로가 부재했던 시간, 서로가 다 알지 못하는 일상의 순간들은 식탁 위의 음식을 통해 다시 꺼내어진다.

<바닷마을 다이어리>에는 그런 장면들이 빼곡하다.

어린 스즈는 아직 마시지 못하는 매실주. 큰언니의 해물 카레와 셋째 언니의 치쿠와 카레. 스즈가 이미 아버지로부터 배운 적 있는 잔멸치(시라스) 토스트. 자매들은 서로의 '다름'을 보여주는 그러한 음식을 함께 먹음으로써, 경험하지 않은 기억마저 공유할 수 있는 진정한 식구(食口)가 되어 간다.

그리고 다시 돌아온 여름. 넷은 매실주[13]를 담근다. 하나의 뿌리에서 나왔으나 서로 다른 가지에 열렸던 자매의 모습을 상징하듯, 스즈가 매실 위에 나무 꼬치로 쿡쿡 새겨넣은 것은 그녀들의 이름이다. 사치, 치카, 요시노, 스즈.

하나의 병 안에서 서서히 무르익어 고운 빛으로 변해가는 그 열매들을 보며, 나는 지난겨울 매화나무 앞에서 사치가 했던 말을 다시 떠올렸다.

"살아 있는 건 다 손길이 필요해."

할아버지 댁에서의 시간. 그 어색했던 첫 대면의 순간과 새로운 가계도에 적응하기까지 떨리고 또 떨렸던 몇 번의 명절들. 그 바닷가 마당 있는 집에서의 숨 막히는 순간들이 내게 공포의 기억으로 남아 있지 않은 건, 내 손을 끌어당기고 우린 닮았다고 노래해 준 동생이 있어서였을 것이다.

어느 날 갑자기 튀어나온 낯선 존재에게 스스럼없이 '언니'라고 불러주었던 그녀.

---

13   미성년자인 스즈를 위해 알코올을 빼고 만들겠다고 했으니, 사실은 매실청에 가까울 것이다.

그녀로 인해 내 마음의 문이 스르륵 열렸다. 아니, 내가 들어갈 수 없던 낯선 '집'의 견고한 대문을 그녀가 먼저 열어주었다. 그녀의 손길로 인해 나는 한 지붕 아래 섞이며 까르르, 소리 내어 웃을 수 있었다.

시간은 흐르고 흘러, 동생은 어느덧 두 아이의 엄마가 되어 있다.

누군가의 이모가 된다는 것은 열 살의 나는 전혀 상상하지도 못했던 새로운 종류의 기쁨이다. 내가 몰랐던 새로운 가족의 존재를 알게 되는 순간이 두려움이 아닌 설렘으로 가슴이 떨릴 수도 있는 거였다.

나의 어린 조카들도 오겹살 떡볶이를 좋아하게 될까.

언젠가, 프라이팬 하나 가득 끓인 매콤달달하고 기름진 떡볶이를 가운데 두고, 눈을 초롱초롱 빛내며 물을 것이다.

"어때?"

내 동생을 닮았을 그 얼굴들을 보며 말해줘야지.

"오겹살 떡볶이는 여기밖에 없어."

오겹살 떡볶이를 먹는 조카들의 입을 바라보며 동생과 나는 도란도란 수다를 떨어야겠다.

조용히 익어가던 매실주를 오랜만에 꺼내어 열어보듯이, 고요히 잠들어 있던 우리의 추억을 다시 함께 음미하면서.

좋아하는 일을 손에 꼬옥 쥘 수 있다면

_<굿모닝 맨하탄> 속 라두

इंग्लिश विंग्लिश / English Vinglish (2014)
가우리 신드 감독
133분

가족 중 누구보다도 일찍 일어나 주방으로 향하는 여성이 있다.

우유를 넣은 커피 한 잔과 조간신문으로 하루를 시작해 보려 하지만, 커피잔에 입술 대어 볼 겨를도 없다. 아침잠 없는 시어머니와 출근 준비에 바쁜 남편, 학교로 가야 하는 딸과 어린 아들까지, 가족 모두를 위한 식사를 준비하느라 정작 자신은 챙기지 못한다. 그러나 짜이, 본비타(Borunvita), 죽, 오믈렛, 토스트, 식구들 각각의 영양상태에 맞는 갖가지 음식들을 차려내도 식탁에서 돌아오는 것은 감사의 인사가 아닌 비웃음뿐이다. 한순간에 그녀는 가족들의 놀림감이 되어버린다. 단지, '재즈(jazz)'를 '차즈'라고 잘못 발음했다는 이유 하나만으로.

이는 영화 <굿모닝 맨하탄> 속 주인공, '샤시'의 이야기다.

빼어난 미모에 훌륭한 요리 솜씨까지 갖춘 그녀이지만, 영어를 할 줄 모른다는 이유로 늘 남편과 딸에게 무시 받는다.

하지만 샤시는 집 밖으로 나가기만 하면 환영받는 인재다. 그녀가 만든 '라두'를 먹어 본 이들은 입 모아 그녀의 솜씨를 칭찬한다. 라두는 크고 작은 행사마다 빠지지 않고 쓰이는 인도의 전통 과자다. 샤시는 행사를 앞둔 사람들에게 주문을 받아 직접 라두를 만들어 납품하는 일을 한다. 큰돈을 버는 것은 아니지만, 그녀가 가장 좋아하는 일인 동시에 사람들로부터 인정받을 수 있는 일인 셈이다.

물론 가족들도 샤시가 만든 라두를 좋아한다. 하지만 남편이 그녀의 솜씨에 대해 말하는 방식에는 묘하게 부정적인 시각이 깔려 있다.

"라두 만드는 거 그만두지 그래? 당신 음식은 나만 먹어야지."

"그러다 퇴학당하면 집에서 라두나 만들며 살아야지."

샤시가 좋아하는 요리를 '못 배운 사람'이 해야 할 노동으로 단정 짓는 느낌마저 든다. 사춘기 딸 역시 가시 돋친 말을 내뱉는다.

"엄마는 영어 못 가르쳐주잖아."

"PTA가 뭔지나 알아?"

가슴에 쿡 박히는 말을 듣고도 제대로 화도 낼 줄 모르는 샤시의 모습에서 지난날의 내가 보였다.

대학은 어디를 나왔니, 하긴 요즘은 아무나 다 대학을 가니까. 무슨 회사를 다니니, 처음 들어 보는 이름인데. 거긴 월급이 얼마니, 왜 하필 그런 곳을 갔니…… 쏟아지는 질문과 판단들. 그 앞에 나는 한없이 작아졌다. 나를 소개하고 싶어 지갑 속에 명함을 고이 넣어 간 자리에서, 끝내 그것을 꺼내지 못하고 말없이 물컵만 만지작거리던 기억. 그 말들은 지울 수 없는 상처가 되어 오래도록 나를 괴롭

했다. 한마디 툭 쏘아붙이기라도 했으면 속이 시원했을 것을, 그저 속으로만 울면서 복수의 칼날을 갈았다.

샤시에게도 복수의 기회가 찾아온 걸까. 멍든 가슴을 안고 가족들 사이에서 고립되어 가던 그녀는 어느 날 삶의 전환점을 맞이하게 된다. 조카의 결혼식 준비를 돕기 위해 뉴욕에 있는 언니의 집으로 혼자 떠나게 된 것이다.

결혼식까지는 남은 기간은 4주. 샤시는 용기를 내어 가족들 몰래 영어학원의 4주 단기 과정에 등록한다. 그녀가 수업료로 지불한 400달러는 지금까지 라두를 팔면서 모아온 비상금이었다.

수업 첫날, 샤시는 '쿠킹, 셀링, 쿠킹, 셀링.'이라는 간단한 어휘로 수줍게 자신의 일을 소개한다. 그 말을 들은 영어 강사의 반응은 샤시의 귀를 확 트이게 해준다.

"샤시, 당신은 '안터프리뉴'군요!"

'entrepreneur'.
샤시는 '집에서 라두나 만드는 여자'가 아니었다. 샤시는 어엿한 '사업가'다. 자신의 직업을 새롭게 정의하는 단어 하나를 알게 된 순간 샤시의 눈은 얼마나 기쁨으로 반짝거렸던지.

집에서도 DVD 영화를 보며 영어 공부에 열중하던 샤시는 "You are so judgemental."이라는 대사의 의미를 조카에게 묻는다.

"이모에 대해서 아무것도 모르면서 자기 마음대로 판단을 내리는 거예요. 그런 걸 '저지멘탈'이리고 해요."

그렇게 아는 단어가 하나둘 늘어갈수록 샤시의 자존감은 조금씩 채워져 갔다.

깨달음의 기쁨으로 가득한 3주는 금세 지나갔다. 4주 과정을 모두 마치고 나면 시험을 치를 차례다. 자신이 지금까지 배운 것들을 5분 스피치를 통해 드러내는 것이다. 이 시험에 통과한다면, 샤시는 학원에서 수여하는 인증서를 받을 수 있다. 하지만 하필 시험 일정이 결혼식 날과 겹쳐버린다. 다가오는 결혼식 참석을 위해 인도의 가족들도 뉴욕에 도착한다. 배움에 대한 열정은 여전하거늘, 가족들

눈을 피해 학원에 가기란 쉽지 않다.

그리고 마침내 결혼식 날 아침이 밝았다. 조카의 끈질긴 설득과 응원 덕분에 샤시는 잠시 자리를 비우고 시험을 보러 가기로 마음을 굳히지만, 예기치 못한 사고가 발생한다. 하객들에게 대접하기 위해 전날 부지런히 만들어 둔 몇백 개의 라두가 아들의 장난 때문에 바닥에 쏟아지고 만 것이다.

영어시험을 치르려면 당장 출발해야 한다. 하객들에게 대접해야 할 라두는 모조리 땅에 처박혔다. 만일 내가 샤시라면, 어떻게 행동했을까?

나는 샤시가 어서 가족에게 인정받기를 바랐다. 라두고 나발이고 제발 학원으로 달려가길. 영어시험에 당당히 합격해 딸의 콧대를 납작하게 눌러주기를 간절히 바랐다.

하지만 샤시는 나의 바람과는 정반대의 선택을 한다. 잠깐의 상심을 털고 벌떡 일어나 다시 주방으로 향한다. 그리고 자신의 손으로 라두를 처음부터 다시 만들기 시작한다.

답답했다. 왜 시험을 보러 가지 않는지. 영어시험에 당당히 합격한다면 더 이상 딸에게 무시당할 일도 없을 텐데.

하지만 영화는 곧 내가 생각했던 것보다 훨씬 더 큰 의미의 해피엔딩을 보여주었다.

샤시는 결국 하객들에게 대접하기 충분한 양의 라두를 만들어 냈고, 그동안 쌓은 영어 실력과 미국에서의 경험을 바탕으로 결혼식 축사까지 멋지게 해냈다. 모든 손님이 그녀의 라두 맛에 감탄했으며, 축사에는 더 큰 감동을 받았다. 가족끼리는 절대 서로를 무시해서는 안 된다는 메시지가 담긴, 샤시의 서툴지만 완벽한 영어 축사를 듣는 동안 그녀의 딸이 눈물을 뚝뚝 흘리며 반성하게 된 것은 물론이다.

샤시의 태도를 다시 되짚어 보자.

그녀는 학부모 면담에서 영어로 담임선생님과 대화할 수는 없었지만, 엄마의 역할이 무엇인지는 분명히 알고 있었다. 루이비통, 구찌, 프라다 매장이 늘어선 뉴욕의 거리를 흥미롭게 관찰하면서도 그녀는 언제나 인도 전통의상 차림을 가장 좋아했다. 영어가 능숙해진 후에도 누군가를 함부로 평가하거나 깎아내리지 않았으며, 인도로 돌아가는 기내에서도 영자 신문이 아닌 힌두어 신문을 청한다.

잉글리시건 빙글리시건 무언가를 잘하건 못하건, 그런 기준들이 사람 본연의 정체성과 가치를 바꿀 수 없다는 사실을 샤시는 처음부터 알고 있었다.

그러니까, 영어를 잘하기 전의 샤시와 영어를 잘하게 된 후의 샤시는 달라진 것이 없다. 여전히 멋진 여자일 뿐.

'째즈'를 '차즈'라고 발음하는 바람에 놀림거리가 되어야 했던 날에도, 결혼식에 쓰일 라두를 전부 새로 만드느라 학원 시험을 포기해야 했던 순간에도, 그녀의 손에는 항상 라두가 있었다. 노란 알갱이들을 손에 꽉 쥐고서 동그란 경단 모양이 될 때까지 정성스레 뭉치고 또 뭉쳤다.

샤시가 영어를 배우는 시간은 세상 보는 시야를 넓히고 자신을 더 잘 설명할 수 있는 언어를 찾아가는 과정이었지, 타인의 인정을 위한 점수 획득의 수단은 아니었던 것이다.

남들에게 인정받아야만 내 자존심이 지켜진다고 생각했던 시기, 말 한마디에 상처받고 명함 한 장에 움츠러들던 시기에 나는 결코 행복해지지 못했다. 키를 재는 아이처럼, 내가 지금 남들보다 몇 센티가 모자란가 눈치 보고 비교하기 바빴다. 타인의 말 한마디는 곧 내가 채워야 할 눈금이었다. 손에 쥔 잣대는 매일매일 달라졌다. 학력을 무시받은 날이면 대학원 모집요강을 찾아 읽으며 밤을 지새웠고, 직장이 문제가 될 때면 '잡코리아'에 들어가 지원하지도 못할 대기업의 이름을 검색했다. 그럴 때면 내가 애초에 무얼 좋아하는 사람이었는지 그것조차 흐릿해졌다. 내 나름대로 소중히 쌓아올린 시간들을 전부 휴지통에 처박고 다시 처음부터 시작하고 싶다는 마음마저 들었다.

그러나 샤시는 나와 달리, 타인의 말이 아닌 자신의 마음속 목소리에 더 귀 기울일 줄 아는 사람이었다. 그녀는 뭐라든 묵묵히, 자신이 가장 좋아하는 라두를 더 잘 만들기 노력했다. 그리고 자신의 힘으로 행복을 되찾았다. 라두를 꼭꼭 눌러 뭉쳐 동그랗게 빚느라 이미 내 두 손이 바쁜데, 어떻게 남들과 비교할 잣대를 손에 쥘 수 있을까? 샤시는 그걸 내게 알려주었다.

그나저나, 라두가 어떤 맛인지 이야기하지 않을 수 없다. 인도 선교사 지인을 통해 맛보게 된 라두는 정말 너무너무 달았다. 인도 요리 특유의 향신료 냄새도 느껴졌다.

하지만 기름에 튀긴 후 생강과 계피향 배인 조청에 푹 담
갔다 건져놓은 약과의 풍미와도 묘하게 닮은 점이 있는 과
자였다.

경단처럼 동그란 라두 하나를 입에 넣으면, 샛노란 입
자들이 파슬파슬하게 부서진다. 단단하게 뭉쳐진 것처럼
보였는데 부드럽게 혀 위에서 흩어지는 식감이 놀랍다. 딱
딱하지도, 끈적거리지도 않는다. 이 작은 입자들이 하나로
뭉쳐져 동그랗게 완성되기까지 차분히 움직였을 샤시의
손놀림이 눈앞에 그려진다.

다디단 라두 한 알을 남기지 않고 다 먹기 위해선 씁쓸
한 커피 한 잔이 꼭 필요하겠다는 생각이 든다. 나는 진한
아메리카노 한 잔, 샤시에게는 카페라테 한 잔을 주문해
주며 함께 이야기를 나누고 싶다. 뉴욕의 카페에서 당당하
게 카페라테를 주문하던 당신은 참 멋졌다고.

그리고 나도 이젠, 내가 좋아하는 일, 내가 진짜 원하는
일을 손에서 놓지 않겠노라고.

아름다운 접시와 고요한 불 사이에서
_<프렌치 수프> 속 서양배 디저트와 '터봇' 요리

La Passion de Dodin Bouffant / The Taste of Things (2024)
트란 안 홍 감독
135분

"제대로 대접하려면 여기 있어야 해요. 제 부엌에요."

부엌에 있겠다는 말이 이렇게도 감동적으로 들릴 수 있을까. 내 부엌, 마이 키친, 마 퀴진. 나는 나의 공간에 머무르겠다는 선언.

영화 <프렌치 수프>는 맛의 세계를 창조하는 동반자로서 20년간 함께 해온 미식가 '도댕'과 그의 요리사 '외제니'의 열정과 사랑을 그려낸 작품이다.

이 영화의 개봉 소식을 접하고 내가 가장 먼저 떠올린 것은 같은 감독의 1994년 개봉작 <그린 파파야 향기>였다. 음식 영화를 이야기할 때마다 명작으로 언급되는 작품이지만, 나는 사실 영화를 보며 불편함을 느꼈다. 푸른 파파야잎사귀 같은 싱그러움을 지닌 하녀, 덜 익은 파파야, 그 속의 덜 여문 씨앗, 흰 액체, 그리고 임신으로 마무리되는 엔딩. 여성을 하나의 열매로, 출산을 위한 몸으로 비유하는 시선이 너무도 적나라하게 느껴졌기 때문이다.

그래서 <프렌치 수프>를 보러 갈 때도 마음 한구석에는 의심이 남아 있었다. 또다시, 부엌에 머무는 여성의 삶을 성적 대상으로 미화하기만 한 것은 아닐까 하고.

영화의 시작부터 섬세하게 묘사되는 프렌치 스타일의 조리 과정은 물론 내 시선을 잡아끌었지만, 설정 자체는 역시나 싫었다. 남자들이 시가를 피우고 와인을 마시고 차례차례 내오는 요리를 먹으며 수다와 함께 '미식가'적 여흥을 즐기는 동안, 외제니는 주방에 머문다. 식탁에 함께 앉지 못하는, 소외의 공간. 그 안에서 내가 숱하게 목격했던 가부장제 속 여인들의 모습이 그대로 보였다.

그러나 식사를 마친 후, 음식에 대한 찬사와 함께 다음에는 같이 식사하자고 청하는 손님들의 말에 외제니는 부드러우면서도 단호한 태도로 거절한다.

"그건 불가능해요. 제대로 대접하려면 여기 있어야 해요. 제 부엌에요."

이 대사 한 줄에 나는 외제니에게 반하고 말았다.

이번 영화 속 주인공은 부잣집 식탁을 위해 요리하는 어린 하녀가 아니라, 미식을 창조하는 예술가였다.

그러나 이 작품을 <그린 파파야 향기>의 연장선처럼 여겼던 나의 의심이 아주 억지스러운 발상은 아니었던 듯, 프랑스 중년 여성 외제니의 모습에서 자꾸만 베트남 소녀 무이가 떠오를 때가 있었다.

<그린 파파야 향기> 마지막 장면에서, 뱃속의 아기에게 동화책을 읽어주는 무이가 입고 있는 것은 '잘 익은 파파야의 속살'과 같은 진한 노란색 비단옷이다. 그 옷의 빛깔을 기억하는 나는 <프렌치 수프>를 보며 놀라고 말았다. 도댕이 초대한 식탁에 앉아 그가 준비한 코스요리를 맛보는 장면에서, 외제니가 입은 드레스 색이 무이의 것과

똑같았기 때문이다. 마치 무이가 이 식탁에 앉아 있는 것 같았다.

또한, 무이의 어린 시절이 푸른색 파파야에 비유되었다면, <프렌치 수프> 속 외제니는 노란빛을 품은 서양배다. 도댕이 정성스럽게 서양배 조림을 고르고 또 골라 완성한 디저트 한 접시, 그 속에는 프러포즈 반지가 숨겨져 있다. 그날 밤, 침대에 나체로 누워 있는 외제니의 뒷모습은 접시 위에 올라온 서양배의 굴곡을 꼭 닮았다.

영화를 보는 동안 의문이 들었다.

자신은 부엌에 있어야 한다고 선언하는 외제니가 멋있다고 느끼면서도, 왜 그녀가 코스요리를 대접받는 순간에는 무이가 보상받는 듯한 통쾌함을 느꼈을까.

왜 나는 무이를 파파야에 비유하는 시선은 불편하게 여기면서, 서양배를 닮은 외제니 몸의 곡선에는 숨이 멎을 정도의 아름다움을 느끼고 있는 걸까.

가끔은 도댕이 먼저 자신의 방으로 넘어와 주길 바라면서도 결혼하지 않고 긴 세월 동안 동반자로서의 관계를 유지해 온 외제니의 속마음은 대체 뭐라고 짐작해야 좋을까.

내 머릿속을 어지럽히는 질문들과는 상관없이 스크린 안에서는 프랑스의 자연과 눈 뗄 수 없는 요리의 향연이 쉼 없이 펼쳐졌다. 그리고 외제니는 도댕과 함께 인생의 겨울을 맞이하지 못하고 세상을 떠난다.

영화의 마지막, 시간을 앞으로 되돌린 듯 외제니와 도댕은 부엌에 함께 앉아 있다. 그녀는 도댕에게 묻는다.

"뭐 하나 물어봐도 돼요? 내겐 정말 중요해요. 나는 당신의 요리사인가요, 당신의 아내인가요?"
"나의 요리사."

도댕의 답을 듣고 고맙다고 말하며 촉촉히 젖은 눈으로 미소 짓는 외제니. 두 손을 맞잡은 이들의 모습에서 영화는 끝이 난다.

무언가 알듯 말듯 눈물이 날 것 같았다.

관능적인 황금빛의 '서양배 디저트' 같았던 외제니. 그러나 '한 명의 여자'가 아닌 '한 명의 요리사'로서 그녀의 삶을 이해하기 위해선 영화 속 음식들을 다시 살펴야 했다. 그중에 내 마음에 들어온 것은 영화 초반에 등장한 '오믈레트 노르베지엔’과 ‘터봇(turbot)’ 요리다.

오믈레트 노르베지엔은 차가움과 뜨거움이 공존하는 디저트다. 아이스크림을 감싼 머랭을 고온에서 구워내는 이 요리는, 기술 그 자체로 감탄을 자아낸다. 그을린 풍미가 더해진 매끄러운 머랭과 차디찬 아이스크림이 입안에서 뒤섞일 때, 누구라도 탄성을 내뱉게 된다.

그에 비해 터봇 요리는 화려함이 덜하다. 물론 이 요리 또한 기술과 정성이 필요하다. 외제니는 크림이 담긴 냄비 속에 터봇을 넣고, 끓이지 않은 채 천천히 익힌다. 단백질이 막 굳기 시작하는 온도를 넘지 않도록, 시간을 들여 가열한다. 그리고 조심스럽게 뼈를 매만지며 살점을 분리하고, 가시 없는 뽀얀 생선 살과 소스만을 접시에 담아낸다. 완성된 접시에는 소리도, 퍼포먼스도 없다. 외제니의 조리 과정을 다 보지 않은 사람이라면, 예민한 혀를 가진 미식가가 아니고서야 그 노력을 다 알아차리기는 힘든 요리가 아닐까.

하지만 외제니는 말한다.

"저는 여러분이 드시는 음식을 통해 대화해요. 그거면 충분하답니다.

드신 음식들은 저도 다 먹었어요. 예를 들면 가자미[14]도, 아침 일찍 배달됐을 때 먼저 다 맛봤어요. 냄새 맡고, 뒤집고, 어루만지고. 이 부엌에 있던 모든 순간을 느끼죠. 속속들이 다 알아요. 그 색깔, 그 식감, 그 맛까지도. 제대로 먹어보지 않아도요.

여러분보다 제가 더 많은 걸 받았답니다."

모두가 다 내 그림 앞에 멈춰 설 것이라 기대하며 캔버스를 채워나가는 화가가 어디 있겠는가. 듣는 모두가 감동의 눈물을 흘릴 것이라 기대하며 악보 위에 음표를 그려나가는 작곡가가 어디 있겠는가. 작품 하나를 완성하기까지의 과정 자체가 이미 예술가에게는 선물이다.

그러한 예술가의 삶을 늘 동경해 왔으면서도, 나는 왜 부엌에 선 여성들의 모습에서는 감동보다 슬픔과 연민을 먼저 느껴 왔을까.

14　영화 속 한글 자막은 '가자미'로 번역되었지만, 외제니의 실제 대사 'turbot'은 유럽산 대형 가자미로 한국인이 보통 떠올리는 가자미와는 조금 다르다.

내가 기억하는 외제니는,

한 남자에게 귀속된 여성으로 살아가기보다는 평등한 동반자가 되길 바랐던 사람.

그러나 여성으로서 지닌 자신의 매력이 무엇인지 분명히 알고 있었던 사람.

자신 내면에 끓어오르는 욕망을 부정하지 않되, 찬찬히 다가오는 상대와 속도를 맞출 줄 알았던 사람.

타인을 위한 한 끼 식사를 완성할 때까지 주방에서 혼자 견뎌야 하는 시간을 소외라 느끼지 않고, 자신의 숨결을 요리 안에 불어넣었던 사람.

자신을 향해 쏟아지는 '예술가'라는 찬사에 쉽게 들뜨지 않으며, 오감을 동원한 예술을 묵묵히 펼쳐갈 줄 알았던 사람이었다.

외제니가 어떤 사람이었는지 내가 관찰한 모습을 하나씩 적다 보니, 또 다른 깨달음이 머리를 때린다.

이 문장들이 설명하는 인물이, 무이와는 또 뭐가 그리 다르단 말인가.

<그린 파파야 향기>의 문제는 카메라의 시선이 아니라, 무이를 바라보는 나의 시선이었을까. 무이를 '약자'의

자리에 놓은 상태로 영화를 감상하느라 동정의 시선을 끝내 거두지 못했던 것은 아닐까.

외제니와 무이, 이제야 두 사람의 모습이 온전히 겹쳐 보인다.

서로 떨어져 있던 연두색과 노란색 유리조각이 하나로 포개어질 때 새로운 색을 보여주는 것처럼, 한 줄기 계시 같은 빛은 두 사람 사이를 투과해, 조용히 반짝거린다. '미화'된 빛이 아니라 진정한 아름다움으로.

그 일렁이는 고운 색채를 가만히 응시해 보지만, 아직은 어렵기만 하다.

내게 여성의 삶이란 다 풀지 못한 숙제다. 나는 어떤 곳에서, 어떤 형태의 열매가 되어, 그 속에 어떤 시간을 가두면서, 어떤 빛깔로 익어가야 하는 것일까.

<그린 파파야 향기>에서 느껴지는 싱그럽고 풋풋한 시절은 이미 지나왔고, <프렌치 수프>가 표현하는 잘 정제된 맑은 수프 같은 무르익음의 시간은 아직 오지 않았다.

그러니 지금의 나는, 주방 견습생처럼 외제니의 몸짓

하나하나를 눈으로 쫓으며 내 삶을 요리하는 법을 배워갈 수밖에.

훗날 내 삶을 돌아보았을 때,
그 안에는 빛나는 아름다움의 순간과, 과시하지 않고 조용하게 익어가는 성장의 시간이 고루 담겨 있길 바란다.
비로소 완성된 삶에 대해 누가 박수를 보내주지 않아도 좋다. 그때의 나는, "내가 더 많은 걸 받았답니다"라고 말할 수 있는 사람이 되어 있을 테니까.

영화로운 레시피③: 있는 그대로의 너를 사랑해
_<브리짓 존스의 일기> 속 '브리짓'에게

Bridget Jones's Diary (2001)
샤론 맥과이어 감독
97분

달걀 한 개.

오이 한 개.

크래미 다섯 개.

다시, 달걀 한 개…….

디어, 브리짓.

얼마 후면 친구들이 찾아올 시간이야.

그런데도 난 아직 이 망할 달걀지단이랑 씨름을 하고

있어. 알끈을 빼는 게 귀찮아서 대충 부쳐버렸더니 영 모양이 안 나잖아? 그래서 다시, 처음부터 시작했지. 달걀 하나를 깨뜨려서 조심조심 노른자 흰자를 분리하고, 젓가락으로 곱게 풀어서 체에 두 번씩 내렸어. 차근차근 순서를 지키면서 했으니까 아까보단 좀 매끄럽게 부쳐지는 것 같… 으왓! 하얀 지단을 뒤집다 망쳐버렸어. 아, 거의 다 됐었는데. 착 뒤집기만 하면 되는 거였는데. 누가 보면 코 풀어놓은 휴지 조각인 줄 알겠네.

어쩌지……. 달걀 하나를 또 꺼낼까?

아냐, 뭐 어때. 그냥 대충 해서 먹지 뭐. 망친 지단은 밑에 깔고, 예쁜 지단으로 그 위를 슬쩍 덮어버리면 되니까.

브리짓, 지금 내가 만들고 있는 요리는 양장피 잡채라는 거야. 내 생일을 축하해 주러 오는 친구들을 위한 특별 메뉴지. 새우나 오징어, 말린 해삼 같은 해물 대신에 크래미를 쪽쪽 찢어 넣고, 진짜 양장피 대신에 납작 당면을 쓰는 얼렁뚱땅 엉터리 양장피긴 하지만 말이야. 그래도 지난번에 해 보니까 그럭저럭 맛이 있더라고.

우선 색감이 화사해서 완성된 걸 보고 있으면 내 마음이 뿌듯해지기도 하고. 사실은 모양에 비해 재료비가 많이

안 들어서 좋아. 흔히 말하는 '냉장고 파먹기' 레시피 같은 거랄까?

우선 접시 가장자리에 빙 둘러놓을 재료는 이거야.

달걀 두 개(한 개는 아까 망쳐버렸으니까). 오이 한 개. 크래미 여섯 개(찢다 보니 하나는 내 입으로 들어가서 지금은 다섯 개만 남았어). 거기에 마트에서 해파리 한 팩만 사 오면 돼.

다음은 소스.

쓰다 만 치약처럼 허리가 납작해져 냉장고에 처박혀 있던 연겨자를 쥐어 짜내서 소스를 만들었어. <내니 다이어리>의 '애니'가 오면 주려고 사둔 땅콩버터도 조금 섞어서 살짝 고소하게.

양장피 대용으로 납작 당면을 불려서 데쳐놓고, 전에 먹다 남은 샤브샤브용 고기를 냉동실에서 꺼내 휘리릭 볶아 접시 가운데에 얹으면 끝이야.

여럿이서 먹어야 하는데 한 접시 갖고 부족하면 어떻게 하냐고? 괜찮아. 먹고 모자라면 뭐, 치킨 시켜주면 되지.

브리짓, 난 사실 우리 집에 온 손님을 대접할 때 이렇게 마음 편히 요리하는 사람이 아니야. 양이 부족하지는 않을까, 간이 너무 세지는 않을까, 재료가 너무 빈약해 보이지는 않을까, 뜨거울 때 내놓아야 하는데 식어버리면 어떡하나, 반대로 차갑게 내놓아야 할 걸 너무 미지근한 상태로 내놓은 건 아닌가, 걱정이 끝도 없지. 먹는 사람을 배려해서 그러는 것도 절대 아니야. 단지, 내가 '완벽한' 모습으로 보이지 않을까 봐 불안해하는 것일 뿐.

몇 년 전, 내가 너와 같은 서른두 살이었을 때, 친구가 오랜만에 놀러 와 하룻밤 자고 가기로 한 적이 있어.

그때 나는 전날부터 대청소를 시작했지. 욕실 타일 틈새에 번져있는 곰팡이를 솔로 벅벅 문지르는데 동이 터오더라. 친구가 오기 전에 마트로 달려가 와인 한 병에 과일이며 치즈까지 종류별로 사다 놓고, 아침에 찌개 끓여주려고 바지락도 해감을 시켜놨어. 그때가 월급날 직전이었나, 하여튼 수중에 돈이 많지 않았는데도 불구하고 동네 횟집 중에서 가장 좋아 보이는 곳을 미리 검색해 뒀다가 친구를 데려갔고 말이야.

친구의 눈에 내가 꽤 괜찮게 지내고 있는 것처럼 보이길 바랐어.

깨끗한 집, 좋은 식사, 이 모든 게 나의 일상인 것처럼. 내 표정에 여유가 가득하길 바랐어.

난 언제나 그런 식이었어. 스스로 감당하기 어려울 만큼 높은 기준을 세워놓고, 거기에 맞추기 위해 신경을 곤두세우지. 그러다 무언가 하나라도 어긋나버리는 순간엔, 나라는 존재 자체가 부서져 버린 양 절망에 빠지는 거야.

그러니까 브리짓. 말하자면, (상처받지 말고 들어 줘.)

내가 볼 때 너의 부엌에서 창조된 'Blue soup' 같은 건 절대 용납할 수 없는 대형 사고 같았어.

곧 생일파티에 초대한 친구들이 찾아올 시간인데 믹서기는 입을 벌려 건더기를 뿜어대고, 그 탓에 옷은 엉망이 되어버리고, 냄비 안의 소스는 누군가의 토사물 같은 형상이고. 제대로 완성된 요리 하나 없는 상황에 설상가상으로 파란색 수프라니!

나라면, 그대로 주저앉아 울어버렸을 거야. 하필이면 파란색 실로 향신료 다발을 묶어버린 과거의 나를 저주하면서. 수프를 냄비째 들어서 개수대에 쏟아버리고, 광분한 상태로 식탁을 다 뒤집어엎었을지도 몰라.

그리고 친구들에게 전화해 약속 장소를 바꾸겠지. 얼른 옷을 갈아입고, 좋은 식당으로 친구들을 데리고 가는 거야. 머릿속으로는 통장 잔고를 헤아리면서 단품 대신 코스를 주문하고, 비싼 술도 한 병 시킬 거야. 여유 가득한 표정으로, 이게 바로 나라는 듯이.

그렇게 '완벽한' 생일파티를 끝내고 집에 돌아와 부엌에 불을 켠 순간, 다시 절망에 빠지겠지. 파스스 가루가 되어 부서져 버리겠지, 나는.

하지만 브리짓, 너의 파티는 달랐어.

너와, 파란색 수프와, 그걸 먹은 너의 친구들은 정말 사랑스러웠어. 장난기 가득한 얼굴로 식사를 모두 마치고는 마지막 건배를 했지.

"브리짓을 위하여. 요리는 못하지만, 우린 있는 그대로의 너를 사랑해."

너희가 만든 따스한 식탁 풍경을 보는데, 가슴이 몽글몽글해지더라. 있는 그대로의 너를 사랑해. 그건, 앞서 '마크'가 너에게 건넸던 말이기도 하잖아. 그 말을 식탁 위에서 되새겨 준 친구들의 마음 역시 진심이었을 거야. 눈빛에서 그게 느껴지더라고.

브리짓, 너를 보면서 깨달았어.

완벽하게 보이려 애써 꾸미지 않아도 친구들은 이미 있는 그대로의 나를 사랑해 주고 있었는데, 세상에 단 한 사람, 오직 나만이 나를 싫어했던 거야. 있는 그대로의 나 자신을 '파란색 수프'처럼 나 혼자만 그렇게 끔찍이 여겼던 거야.

후, 이제 둥근 접시를 꺼내 볼까.

오이.
(하얀 지단을 밑에 샥 숨기고) 노란 지단.
크래미.
해파리.
납작 당면.
소고기볶음.
그리고 겨자소스.

짜잔!

요리가 드디어 완성됐어. 망친 지단을 쓰레기통에 던져버리는 일도, 더 좋은 재료를 사려고 통장 잔고를 탈탈 터는 일도, 맛이 없을까 봐 간을 수십 번씩 보는 일도 없이 말이야.

이제 정말 친구들이 올 때가 된 것 같아.
물론, 나를 평가하러 오는 친구들이 아니라 즐거운 시간을 함께 보내려고 오는 반가운 얼굴들이지. 나도 이젠 그걸 알아. 그래서 진짜로 웃음이 나.

브리짓, 너도 언젠가 우리 집에 와주면 좋겠어. 너에게 감사의 표시로 맛있는 요리를 대접하고 싶거든. 고마워. 네 덕분에 나는 있는 그대로의 나를 사랑하는 법을 익혀가고 있어.

앗, 누가 도착했나 봐.

안녕, 브리짓. 잘 지내.

I like you very much, just as you are.

Act IV.

지나온 후에야
더해지는 양념 하나

1℃만 더해도 이 마음은 녹아내릴 텐데

_<소주와 아이스크림[15]> 속 소주와 '투게더'

소주와 아이스크림 / SOJU & ICE CREAM (2015)
이광국 감독
37분

"먹고 사는 거 다 힘들어. 너만 힘든 거 아니라고."

선배의 말이 '세아'의 마음을 쿡 찌른다. 아, 오늘도 거절이다.

세아는 생계를 위해 꿋꿋이 지인들에게 보험 상품을 팔러 다니지만, 부탁하는 일도 거절당하는 일도 좀처럼 익숙해지지 않는다. 그런 그녀에게 엄마는 돈을 보내달라는 부

---

15 <소주와 아이스크림>은 국가인권위원회가 기획한 옴니버스 인권영화 <시선 사이(2015)> 속 세 번째 작품이다.

탁을 해 오고. 세아는 좀 전에 자신이 당했던 거절을 엄마에게 되돌려줄 수밖에 없다.

영화 <소주와 아이스크림>를 처음 봤을 당시, 나는 전화기 너머로 들려오는 부탁들에 지쳐가던 중이었다. 우리 가족이 어느 한 쪽이라도 먼저 쓰러지면 와르르 무너져버리는 도미노 같다고 생각했다. 도미노는 힘이 없다. 죄가 없다. 스스로 버티지 못하고 툭 건드리기만 하면 쓰러지는 작고 얇은 도미노 조각이 생존할 수 있는 방법이 있을까?

세아뿐만 아니라 이 영화 속 인물들은 모두가 부탁하고 부탁받는 관계에 놓여 있다.

일주일째 연락을 피하고 있는 언니를 만나기 위해 찾아간 동네. 그곳에서 세아는 한 아주머니로부터 '투게더' 아이스크림을 사다 달라는 부탁을 받는다. 보험 가입을 부탁할 기회라는 생각에 세아는 그 부탁을 수락하지만, 이게 웬걸. 알고 보니 그건 산더미처럼 쌓인 소주 공병을 들고 가서 아이스크림 한 통과 바꿔와야 하는 일이었다.

세아는 소주병이 가득 든 무거운 손수레를 끌고 힘겹게 언덕을 오른다. 그 모습에서 그녀가 짊어진 삶의 무게가

고스란히 느껴진다.

드르륵 드르륵, 작은 바퀴가 언덕을 천천히 거슬러 올라가고, 유리병이 서로 부딪히는 소리가 들려온다. 그건 내가 분명 들어본 적 있는 소리였다. 그 소리는 나를 어느 겨울밤으로 데려간다.

가로등 불도 희미한 좁은 골목. 소주 한 병을 사러 편의점에 다녀오는 밤이면 그 소리와 자주 마주쳤다. 드르륵 드르륵 울퉁불퉁한 길 위를 지나는 바퀴 소리와 공병끼리 부딪혀 짤랑거리는 작은 소음들. 그건 같은 동네에 사는 할머니가 공병을 모아 끌고 가는 소리였다.

당시 내가 살던 집은 곧 헐릴 예정인 오래된 주택의 옥탑방이었다. 반쯤 고장 난 심야전기는 바닥을 충분히 데워주지 못했고, 낡은 창틀 사이로는 찬 바람이 마구 새어 들어왔다. 난방기구를 장만하는 것조차 부담스러워 사발면 한 그릇에 소주 세 잔을 마시며 차가워진 손끝 발끝을 간신히 녹이던 시절이었다. 깊은 밤, 술의 힘에 의지해 공책에 무언가 써내려가고 있노라면 고요해진 공기 속에서 드르륵 짤랑 소리가 종종 희미하게 들려오곤 했다.

세아는 그 무거운 수레를 끌고 아이스크림 가판대까지 도착했다. 그리고 한 소주병 안에 돌돌 말린 종이가 들어 있는 것을 발견한다. 무인도에서 파도에 실려 보낸 편지라도 발견한 양 그녀는 종이를 꺼내 펼쳐본다. 그리고 화면은 아주머니가 이 여덟 문장을 적어내려가는 시점으로 전환된다.

원망하지 않기.
원망하지 않기.
포기하지 않기.
대책을 세우기.
술을 끊기.
웃음을 잃지 않기.
깨끗하게 떠나기.
깨끗하게 떠나기.

죽음을 준비하는 유서였을까, 혹은 생의 의지를 끌어올리는 다짐이었을까. 자신 자신을 향한 부탁의 말들을 종이 위에 하나 하나 적어 나갈 때, 아주머니가 앉은 방바닥에는 빈 소주병들이 나뒹굴고, 주변엔 온통 분홍색 압류딱지가 붙어 있다.

아주머니는 악기를 불 듯 소주병 안으로 숨을 불어넣는다. 입술을 둥글게 모으고 고통을 뱉어낸다. 소주병 안으로 들어간 숨은 유리벽 안에서 우우웅- 소리를 내고.

빈 병을 손에 쥐고 있던 세아에게 그 소리가 들려온다. 현실인지 비현실인지 알 수 없는 상황. 세아는 소리가 들려오는 소주병을 향해 귀를 가까이 기울이고, 그 안에서 세아는 아주머니와 마주 보고 서 있다. 아주머니는 세아에게 부탁한다.

"나 한 번만 안아주면 안 돼요?"

소주병 안에 담긴 것은 아주머니의 마지막 숨결, '나 아직 숨 쉬고 있음, 더 숨 쉬고 싶음'이라는 생존 신호였을까. 세아는 '투게더' 아이스크림을 사서 다시 그곳으로 돌아가 보지만, 아주머니는 그 집에 없다. 이미 그녀가 세상을 떠나버린 후였다.

아주머니가 부탁한 아이스크림, 유일한 식사이자 안주였던 음식이 하필 '투게더'라서, 이 영화는 내 마음 속에 깊은 잔상을 남겼다.

1974년, 나보다 더 일찍 세상에 태어난 아이스크림 '투게더'는 당시에 '온 가족이 함께 먹는 아이스크림'이라는 브랜딩 전략으로 큰 인기를 끌었었다고 한다. 내 어린 시절만 해도 '투게더'는 큰맘 먹고 사 먹는 간식이었다. 용량도 그렇고 가격도 그렇고, 혼자서는 먹을 수 없는 아이스크림. 온 식구가 둘러앉아 숟가락이 부딪히는 사투를 벌이면서 퍼먹는 아이스크림. 한때 '투게더'는 화목한 가정의 상징이었다.

결말에 이르러 세아도 언니와 함께 '투게더' 아이스크림을 먹는다. 흐르는 강물을 바라보며 벤치에 앉아 소주와 아이스크림을 먹는 두 자매. 영화는 두 개의 숟가락을 붙잡은 손이나 두 개의 입 대신, 두 군데가 움푹 패인 아이스크림의 표면만을 보여준다.

그나마 이들만이라도 서로를 구원할 수 있길 바랐지만, 세아와 언니, 그리고 엄마를 둘러싼 가족의 갈등은 너무나 오랫동안 곪아서 이제는 쉽게 봉합할 수 없는 상처인 듯하다. 세아는 말한다.

"언니. 나…… 나 한 번만 안아주면 안 돼?"

하지만 언니는 그녀를 바라보지 않는다. 눈물을 흘리면서도 꿋꿋하게 앞에 놓인 강물만을 응시할 뿐이다. 세아는 그러한 언니의 옆모습을 간절한 눈빛으로 바라본다. 그리고 암전.

그 후에 그들은 어떻게 되었을까.

오랜만에 <소주와 아이스크림>을 다시 꺼내어 보다가, 2023년에 개봉한 영화 <바튼 아카데미>를 떠올렸다. 크리스마스를 맞아 모두가 집으로 떠난 후, 텅 빈 학교에 남겨진 세 사람이 투닥거리면서도 조금씩 마음을 열어가며 우정을 쌓는 과정을 그린 영화다. 이때 이들 사이에도 술과 아이스크림이 등장한다.

레스토랑에서 '체리 주빌레' 주문을 거절당한 세 사람이 겨울 거리로 나와 아이스크림과 체리 위에 짐빔 위스키를 뿌리고 불을 붙이는 장면은, '술'과 '아이스크림'의 조합이 시린 고독이 아니라 반짝이는 연대의 상징이 될 수도 있음을 보여준다.

타오르는 불 앞에 잠시나마 따뜻한 순간을 함께 할 수 있는 존재가 가족이 아닌 타인이었다는 점에서도 <소주와 아이스크림>만으로는 다 풀지 못한 숙제의 실마리를 하나 찾은 듯하다.

"먹고 사는 거 다 힘들어. 너만 힘든 거 아니라고."

주인공의 보험 가입 부탁을 거절하며 선배가 했던 말은 틀리지 않았다.

그래, 세상에 힘들지 않은 사람은 없다.

하지만, 그렇기에 더더욱, 우리는 서로에게 가까워질 수 있는 방법을 고민해야 하지 않을까.

가족으로부터 멀리 떨어져 사람이 아닌 책과 영화에 의지해 서른을 통과하던 그 시절, 나는 외로움에 지쳐 온기가 간절해진 사람이면서 동시에 무리한 부탁에 지쳐 마음이 식어버린 사람이었다. 냉동고 안에 너무 오래 있어 스스로는 마음을 녹일 수 없는.

암남동, 나의 자취방이 있던 곳. 송도해수욕장의 빛이 닿지 않는 좁은 골목에 빼곡히 자리했던 낡은 주택들. 그곳에서의 시간을 생각하면 언제나 파란 소주병이 먼저 떠오른다. 매일 밤 이웃집 할머니가 실어 나르던 공병들. 그 많은 병을 다 쌓으면 송도해수욕장 한가운데에 거대한 소주병 트리도 세울 수 있을 거라고, 그런 엉뚱한 상상을 하기도 했었다.

그런데 그 병들은 다 누가 비워낸 것이었을까.

소주를 마시며 하루를 버티고 또 하루를 살아가는 사람이 나 혼자만은 아니라는 사실을, 왜 그때는 알지 못하고 그토록 외로워했을까. 재개발 예정지, 하나둘 어둠이 빛을 삼켜가는 그 동네에 살던 사람들은 이제 다 어디로 갔을까.

투게더,

아주 작고 작은 온기만 더해도,
시린 아이스크림처럼 꽁꽁 얼어버린 우리의 심장은 서서히 녹기 시작할 텐데.

<소주와 아이스크림>이 나를 향해 묻는다.
너는 이제 누군가를 안아줄 수 있는 사람이 되었느냐고.

우리가 살았던 무지갯빛 궁전을 기억해

_<플로리다 프로젝트> 속 호텔 조식

The Florida Project (2018)
션 베이커 감독
111분

"딸기랑 라즈베리를 동시에 먹어야지.

포크를 사탕으로 만들었으면 좋겠어. 그럼 다 먹고 포

크 먹으면 되잖아."

'무니'는 지금, 엄마와 함께 세상에서 가장 근사한 조식
을 먹고 있다.

난생처음 와 본 조식 뷔페, 테이블 위에는 음식이 가득
하다. '블루베리 크로아상'과 '딸기 와플'을 좋아했던 무니
는 이제 새빨간 베리들을 입에 넣느라 신이 나 있다.

[Act IV] 지나온 후에야 더해지는 양념 하나

영화 <플로리다 프로젝트>는 디즈니월드 바로 옆, 보라색 모텔 '매직 캐슬'에서 살아가는 모녀의 이야기다. 무니는 '매직 캐슬'과 그 주변 곳곳을 놀이동산처럼 누비며 시간을 보낸다. 관광객에게 동전을 받아 아이스크림을 사 먹고, 친구와 함께 근처 숲으로 가 자신들만의 '사파리 투어'를 즐긴다. 영화는 그런 무니의 장난스러운 하루들을 따라가다, 동화적인 색채 밑에 감춰져 있던 서글픈 진실을 조금씩 드러내기 시작한다.

무니가 엄마 '헬리'와 마주 앉아 조식 뷔페를 먹는 것은 영화가 거의 끝날 무렵에 나오는 장면이다. 천진난만하게 음식을 먹으면서 무니는 쉬지 않고 재잘거린다.

이때 카메라의 위치는 무니의 반대편, 즉 헬리가 앉은 자리이다. 무니는 엄마를 바라보듯 카메라를 보며 이야기하고, 무니의 눈은 카메라 너머 관객—나와 자꾸만 눈이 마주친다. 어느새 나는 헬리의 입장이 되어 무니를 바라보고 있다.

"여기 또 오자. 이런 게 인생이지."

　　무니의 말에 눈물이 날 것 같다. 이 영화가 보여주는 가장 달콤한 동화 같은 순간이자 가장 슬픈 순간이다. 이 성대한 조식은 곧, 모녀가 함께 먹는 '최후의 만찬'이 될 것이기 때문이다.

　　이 영화가 개봉한 2018년, 나는 영화 비평 수업을 듣고 있었다. 숙제로 <플로리다 프로젝트> 감상문을 제출하면서 나는 무니를 바라보는 카메라의 위치를 설명하기 위해 문장을 장황하게 써 내려갈 수밖에 없었는데, 수업을 통해 그걸 단 네 글자로 축약할 수 있다는 걸 배웠다.
　　'시점 쇼트'.
　　내가 필사적으로 울음을 참으려 했던 그 장면은, 헬리의 시점 쇼트였다.
　　헬리의 시점에서 바라보는 쇼트.
　　헬리의 눈에 보이는 것들을 전달해 주는 쇼트.
　　나는 헬리가 되어, 헬리의 눈으로, 동화 같은 세계가 곧 무너질 것을 눈치채지 못하고 달콤한 딸기를 입에 넣는 어린 소녀의 얼굴을 본다.
　　내 앞에 앉은 소녀는, 무니가 아니라 어린 날의 내 자신이었다.

어린 시절 책장에 빼곡히 꽂혀 있던 시공사의 디즈니 명작 동화들을 기억한다.

단추 하나로 끓인 수프와 추위를 싫어하는 펭귄, 드레스를 입은 '미니'와 마법을 배우는 '미키' 사이에서 손가락 움직이며 떠듬떠듬 익혀나가던 글자들. 그리고 어느 날 우리 집 벽에는 커다란 거울이 하나 걸렸다. 큼직한 꽃장식이 테두리에 둘러진 그 분홍색 거울을 보며 나는 거울아 거울아, 반대쪽 얼굴에게 말을 걸곤 했다.

초등학교 5학년이 되어 호박 마차 대신 파란 트럭 타고 컴컴한 지하실 이사 가던 날, 나의 단짝 친구였던 백설공주 거울도 계단을 따라 내려왔지만……. 이불 밑에 작은 콩알 대신 곰팡이 포자 깔고 잠들던 밤에 나는 알았다. 근사한 무지갯빛 궁전 같았던 세계는 모두 플라스틱이었고, 이제 처참히 부서졌다는 사실을.

영화 초반, 무니가 관광객에게 동전을 받아 아이스크림을 사 먹을 때, 그 위로 보이는 플로리다의 하늘은 동화 속 풍경처럼 비현실적으로 아름답다. 그래서 나는 내내 불안했다. 언젠가 무니가 알아채게 될 현실이, 지금 무니가 인식하는 삶과는 너무나 거리가 멀어 보여서. 그 대조가 너무나 잔인해서.

무니가 친구와 함께 벽에 기대어 서 있는 장면 또한 그렇다.

두 아이가 기댄 벽면에는 남자가 여자에게 오렌지를 건네는 장면이 그려져 있다. 그 위에 적힌 글자는 "Take Some Home".

오렌지를 권하면서 '홈'이라니. 집을 챙겨가라니. 과연 신선한 오렌지의 본고장답군. 나에겐 귤이 고향을 상징하는 것처럼, 플로리다 사람들에게는 오렌지가 '집' 그 자체인 것일까. 그런 생각을 하는 찰나에 카메라가 줌아웃되며 벽화의 전체 이미지가 프레임 안에 담기고, 문장 한 줄이 새롭게 모습을 드러낸다.

"Welcome To FLORIDA"

아. 그러니까 이건 플로리다가 고향인 사람에게 '집(오렌지)을 가져 가'라고 하는 말이 아니라, 이곳을 찾은 관광객에게 '플로리다에 온 걸 환영해! 집에 갈 때에는 오렌지도 좀 챙겨 가.'라고 건네는 인사말이었던 것이다.

그러나 오역이든 직역이든, 어떻게 번역하든 이 장면은

나의 가슴 어딘가를 쿡쿡 찔렀다.

이 벽화가 그려진 자리에 기대어 선 아이들은 집이 없어 모텔에서 살아가고 있으며, 플로리다의 햇살과 디즈니월드의 낭만을 즐기러 온 관광객 신분도 되지 못하기 때문이다.

그리고 나 또한, 감귤이 결코 행복은 될 수 없었던 가난한 농부의 딸이고, 단 한 번도 관광객처럼 제주의 곳곳을 누벼보지 못했기 때문이다.

자신이 사는 세상이 무지갯빛 동화가 아니었다는 현실을 깨닫게 된 후, 무니는 어떻게 되었을까.

<플로리다 프로젝트>의 마지막, 무니는 친구의 손에 이끌려 디즈니월드로 달려 나간다. 어린 두 소녀의 뒷모습을 카메라가 쫓아가는 이 장면은, 사실 디즈니 측의 촬영 허가를 받지 못해 아이폰으로 찍은 것이라고 한다.

감독의 의지가 내게 말하는 것 같다. 가끔은 그렇게, 영상이 튈 걸 각오해서라도 어떻게든 찍고, 다시 이어 붙여야만 완성되는 이야기도 있는 법이라고.

영화뿐만 아니라 우리의 삶도 그렇지 않을까.

아무리 다시 떠올리려 해도 떠올려지지 않는 삶의 순간들이 있다. 내 기억 속에서는 잘려 나가버린 그 필름들은, 부모님이 건넨 기억 몇 장을 이어 붙이면서 새로운 이야기로 되살아난다.

"집이 컴컴할수록 거울은 꽃장식 달린 공주님 거울을 써야지!"라고 말했다던 나.

"아무리 돈이 급해도 해외로는 가지 마. 힘들수록 꽁꽁 뭉쳐 있는 게 가족이잖아."라고 말했다던 나.

이건 나의 기억에는 존재하지 않는, 우리 부모님만이 기억하는 장면들이다.

내가 정말 그렇게 말했었는지 확인할 길이 없다. 시간을 앞으로 당겨 과거의 그 시절로 다시 가보고 싶다.

이제 내가 보고 싶은 건
무니를 바라보는 헬리의 시점 쇼트가 아닌,
'과거의 나'를 마주하는 '다 커버린 나'의 시점 쇼트도 아닌,

부모님의 시점 쇼트다.

어린이날, 잔고를 탈탈 털어 사 온 '주주콘도'를 딸의 품에 안기던 그 순간의 시점 쇼트.
'곰표' 핫케이크 가루 반죽을 종이컵에 부어 쪄낸, 엄마표 컵케익을 딸에게 건네던 그 순간의 시점 쇼트.
꽃장식이 촘촘하게 달린 타원형 벽거울 앞에서 공주 놀이에 빠진 딸을 지켜보던, 그 순간의 시점 쇼트.

이제 내가 궁금한 것은
그 시절 부모님의 눈에 비친 나의 모습과, 나를 바라보며 그들이 느꼈을 감정이다.
우리의 삶은 영화가 아니라서 진짜로 필름을 되돌릴 수도, 내가 아닌 누구의 시점이 되어 그 순간을 다시 살아볼 수도 없으니 어째야 하나.

나는 다시 <플로리다 프로젝트>를 본다. 여러 번 되돌려 볼수록 내 마음을 파고드는 것은 무니가 아닌, 그의 엄마 헬리의 존재다.
디즈니월드 안으로 들어가지는 못하더라도, 불꽃놀이

가 잘 보일만한 근처 풀밭으로 딸을 데려가 불꽃이 하늘로 쏘아 올려지는 순간에 맞춰 생일 초를 켜고 노래를 불러주는 엄마. 딸 앞에서는 언제나 밝게 웃으면서 개구쟁이처럼 행동하며 절박한 상황에서도 딸의 동심을 지켜주려 애썼던 엄마.

헬리에게 딸과 함께 지냈던 모텔 '매직 캐슬'에서의 시간은 어떤 의미였을까.

문득, 초반에 스쳐 지나갔던 한 장면이 다시 떠오른다.
동글동글한 주홍빛 오렌지가 그려진 벽화.
그 장면은 어쩌면, 감귤 나라에 살았던 어린 공주에게 이 영화가 보내는 작은 신호였을지도 모르겠다.

Take some home.
이 문구 아래 서 있던 집 없는 아이 무니를 나는 왜 그리 가엾게 여겼을까.

무니는 보랏빛 마법의 성에 사는 아이였다. 그럴싸한 건물(house)은 아니었을지라도, 그곳은 분명 무니가 마음을 기대어 쉴 수 있는 달콤한 집(home)이었다.

비록 언젠가는 그곳을 떠나게 되겠지만, 그래도 괜찮을
거라고 믿는다.

다른 곳으로 발길을 돌려야 할 때 챙겨갈 수 있는 무지
갯빛 추억이 이미 가득하기에, 그곳이 어디든 쓰러진 자리
에서도 무니는 계속 자라날 것이다.

그녀는 정말 다신 스튜를 안 먹었을까

_<브루클린> 속 양고기 스튜

Brooklyn (2016)
존 크로울리 감독
111분

갈매기 울음소리 들려오는 바다. 푸른 물결 위를 헤치며 앞으로 나아가는 배. 갑판 위에 선 여자는 깊은 생각에 잠긴 듯한 눈으로 멀어지는 고향 땅을 바라보고 있다.

그 뒤에서 한 소녀가 말을 걸어온다. 자신은 뉴욕의 브루클린에 가는 중이라며 그곳에 대해 궁금한 점을 묻는 소녀. 등 뒤로 쏟아지는 질문들에 짧게만 대답하던 여자는 이내 무언가 결심한 듯, 고개를 돌려 소녀의 얼굴을 보며 말한다.

“뭐 먹지 마요.”

“거기서 몇 년은 살 건데요?”

“아니, 거기 가면 먹어도 돼요. 배에서만 먹지 말라고
요. 뭘 먹으면 멀미가 나거든요. 알겠죠?”

이 여자의 이름은 ‘에일리스’.

<브루클린>은 새로운 삶을 위해 고향을 떠난 에일리스
가 훗날 누군가에게 조언할 수 있을 정도로 성장하기까지,
그 여정을 닮아낸 영화다.

1950년대 아일랜드의 어느 작은 동네. 이곳에서 여성
이 마땅히 갖춰야 할 미덕은 신앙심과 검소함이다. 자신의
힘으로 돈을 벌어 자신에게 필요한 물건을 사고 싶다는 바
람이 이곳에선 그릇된 욕심으로 여겨지기도 한다. 떠날 결
심은 쉽지 않지만, 에일리스는 용기 내어 짐을 꾸린다. 그
리고 자신에게 필요한 미래를 사기 위해 뉴욕으로 향하는
배에 오른다.

<싱 스트리트> 속 ‘카너’가 그랬듯이, 배에 올라탄 바로
그 순간부터 고난은 시작된다. 작은 보트가 아니라 거대한
여객선임에도 적응은 쉽지 않다.

어찌된 일인지 손님이라곤 자신 한 명뿐인 식당칸. 에일리스는 고기 몇 점과 채소가 담긴 국물 요리를 천천히 떠먹으며 꾸역꾸역 한 그릇을 비워낸다. 그리고 웨이터의 말을 통해 알게 된다. 기상 상황이 좋지 않을 땐, 대부분의 승객들이 식사를 거른다는 사실을.

결국 그날 밤 에일리스는 흔들리는 배 위에서 휘청거리며 모든 음식을 게워 내고 만다.

이날 에일리스가 먹은 음식은 '양고기 스튜'였다. 영화 리뷰 중에는 그녀에게 낯선 미국 음식이라 더 거부감을 느꼈을 거라는 해석도 종종 있지만, 나는 이 양고기 스튜가 아일랜드 전통 음식에 더 가까웠을 거라고 생각한다.

양고기를 주재료로 감자, 당근 등의 채소를 넣고 뭉근하게 푹 끓여낸 아이리시 스튜. 그녀가 가족들과 자주 먹었을 이 양고기 스튜를 모두 토해내게 된 이유는 단순한 뱃멀미가 아니라, 익숙한 고향을 떠나는 것에 대한 두려움과 새로운 시작을 향한 울렁거림이 뒤섞여 만들어 내는 혼란 때문이었을 거라고.

나는 에일리스가 아무도 없는 식당칸에서 홀로 양고기 스튜를 먹는 이 장면을 보고 글을 한 편 쓴 적이 있다. 스무 살, 꿈을 갖고 입학한 대학 기숙사 방 안에서 설렘과 슬픔을 동시에 느끼며 먹었던 떡볶이에 대한 이야기였다.[16]

그러나 이제 나의 시선은, '첫 식사' 이후에 등장하는 다양한 식탁들 위로 옮겨간다.

에일리스는 일과 공부를 병행하며 낯선 도시에 적응해나가고, 이탈리아 출신의 '토니'와 사랑에 빠져 미래를 약속하는 사이가 된다. 그렇게 그녀의 삶은 브루클린에 뿌리를 내리는 듯했지만 갑작스럽게 언니의 부고가 전해진다.

언니의 임종을 지키지 못한 슬픔에 빠져 잠시 고향으로 돌아간 에일리스. 그곳에서 그녀는 같은 동네 출신 '짐'을 만나 데이트를 시작한다. <브루클린>에서 로맨스보다는 성장 드라마를 보고 싶었던 나는 이러한 전개가 조금 갑작스럽게 느껴졌다. 몇 번의 만남과 대화만으로 금세 결혼을 고민하는 남녀의 서사에는 중요한 다리가 하나 빠져버린 듯했다.

브루클린의 토니, 아일랜드의 짐, 어쩌면 이들은 서로

16　이 이야기는 나의 첫 번째 에세이집 『입가에 어둠이 새겨질 때』(두두, 2021)에 수록되어 있다.

다른 공간에서 느껴지는 아우라를 눈에 보이는 실체로 전달하기 위해 영화가 역할을 부여한 인물들일지도 모르겠다. 그들은 '남성'이라기 보다는 '장소'다. 그들과 보내는 시간은 에일리스의 삶을 투영한다.

그 속에서 나는 에일리스가 살게 될 미래를 감지한다. 데칼코마니처럼 비슷하게, 그러나 정반대의 모습으로.

두 남녀가 마주 앉은 식탁이 그렇다. 토니와의 첫 데이트에서 에일리스는 자신이 보내는 일상과 학교생활, 앞으로의 계획을 재잘재잘 늘어놓는다. 남자는 그 이야기를 가만히 경청하면서도, 말하느라 바빠 먹는 것도 잊어버린 그녀를 걱정한다. 한편, 짐과의 데이트 자리에서 떠드는 사람은 에일리스가 아니다. 그녀는 자신의 앞에 놓인 아일랜드 음식인 연어 스테이크와 감자 요리를 입에 넣으며 묵묵히 남자의 이야기를 들을 뿐이다.

바닷가 데이트 또한 비슷하면서도 다르다. 토니와 함께 브루클린의 휴양지로 놀러 간 에일리스는 미색 블라우스에 파란 가디건, 그리고 봉긋하게 퍼지는 플레어스커트를 입고 있다. 잠시 후 수영복으로 갈아입은 두 사람은 바다

속에서 뜨거운 키스를 나눈다.

그리고 아일랜드. 에일리스와 짐은 친구 커플과 나란히 바닷가로 향한다. 이때 에일리스가 입은 옷이 똑같다. 미색 블라우스에 파란 가디건, 그리고 무릎 아래로 내려오는 스커트. 같은 옷차림이지만 바다는 다르다. 오랜만에 고향 바다를 마주한 순간, 그녀는 선글라스를 벗고 감탄사를 내뱉는다.

"이걸 잊고 있었어."

에일리스가 진정 원하는 건 누구와의 삶일까. 그녀의 마음은 고향에서의 안정된 삶 쪽으로 기우는 듯하다. 하지만 이곳은 한때 그녀가 벗어나고 싶었던 곳, 타인의 시선으로부터 자유로울 수 없는 땅이다. 그녀는 예전에 일했던 식료품점 사장님의 걱정을 가장한 비난을 마주하고, 자신이 잊고 있었던 것을 떠올린다.

**"잊었어요.
이 마을이 어떤 곳인지 잊고 있었어요."**

그리고 결국, 에일리스는 자신이 택한 삶을 향해 떠난다.

커다란 배는 그녀를 싣고 그리운 바다 위를 지나 뉴욕으로 향한다.

투병 사실을 숨긴 채 동생에게 넓은 세상으로 나아가라며 응원해 주던 언니. 딸을 잃고 큰 집에 홀로 남겨지게 된 엄마. 한때는 분명 마음을 나누었으나 청혼은 받아들이지 못하고 먼저 끊어버린 인연. 자신의 과거와 택하지 않은 미래. 그것들이 점점 더 멀어져가는 것을 바라보며, 그녀는 지금 배 위에서 무슨 생각을 하고 있을까.

이 영화의 결말이자, 이 글의 시작점으로 다시 돌아가 보자. 설렘과 기대, 그리고 약간의 두려움이 담긴 눈으로 자신을 바라보는 소녀를 향해 에일리스가 건네는 조언은 이렇게 이어진다.

"…향수병이 걸리면 죽고 싶겠지만, 견디는 수밖에 어쩔 도리가 없어요. 하지만 지나갈 거예요. 죽지는 않아요. 그러던 어느 날 갑자기 태양이 뜰 거예요. (…) 그럼 깨닫게 되겠죠. 거기가 당신의 인생이 있는 곳이라는 걸."

나는 이제 바다와 강이 있는 도시 부산에 정착했다.

또 언제고 어디론가 떠나가게 될지 알 수 없으나, 에일리스처럼 함께 미래를 그릴 수 있는 남자를 만나 지금은 '이곳'에서의 삶을 상상하며 살아간다.

"이걸 잊고 있었어."라고 말하며 푸른 눈동자를 빛내던 에일리스처럼, 나도 제주에 닿을 때면 부산과는 묘하게 다른 바다를 바라보며 한 번씩 깨닫게 될 것이다. 내가 무얼 잃었는지, 또 무얼 잊고 있었는지를.

바다 위를 건너는 비행기 안에서 울고불고 끅끅대는 일은 이제 없다.

새로운 세계에 대한 설렘도 더는 없다.

나는 담담한 표정으로, 도리어 조금 권태롭거나 피로에 쩔은 얼굴로 비행기에 몸을 싣는다.

그러나 제주공항으로 떠나는 버스에서만큼은, 차창 밖으로 내게 손 흔드는 엄마의 작은 몸을 목격하는 그 순간만큼은, 여지없이 눈물이 난다.

민들레 홀씨는 어떻게 울지 않고 먼 곳까지 날아갈까.

모든 식물이 모체가 뿌리내린 땅에서 자라나는 것은 아니듯 나 또한 가벼운 마음으로 훌훌 날아가면 좋으련만, 고향이 아닌 타지에 뿌리내리기 시작한 나의 선택은 어째서 이토록 무거운 죄책감과 서글픔을 동반하고야 마는 것일까.

그러면서도 나는, 김해공항에 도착해 사상역 근처에서 남편과 뼈다귀해장국 한술을 뜨는 순간에야 비로소 '집'에 왔음을 느낀다. 현관문을 열고 캐리어와 함께 내 발을 들여놓으며 <즐거운 나의 집> 노래를 흥얼거린다. 긴장이 풀어진 몸으로 침대에 누워, 다음에 제주에 가면 이번에 못 먹은 제주식 해장국과 오일장 순대국밥을 꼭 먹고 오자며 남편을 향해 재잘거린다.

대부분의 날은 그냥 집 근처 아무 곳에서나 돼지국밥을 먹으면서도, 또 어떤 날은 기어코 영도까지 들어가 '제주 할매순대국밥'에서 순대와 내장을 시켜놓고 고향 생각에 젖는다.

배 위에서 아무것도 먹지 않으며 도시 생활에 낯선 삶에 적응해 나가던 에일리스.

그녀의 식탁도 지금쯤 풍성해졌겠지.

그런데, 그녀는 정말 그 후로 영영 안 먹었을까.
떠남과 머묾 사이 식탁에 놓인 그리운 스튜 한 접시를.

영화 속 에일리스의 나이는 거기에서 멈췄는데 내 나이는 영화를 처음 보던 그때보다 열 살 가까이 많아서, 이제는 이런 생각마저 든다. 거의 확신한다.
언젠가, 아이리시 스튜든 제주식 뼈국이든, 푹 끓여낸 고깃국물 한 그릇을 앞에 두고서 우리들은 말하게 될 거라고.
"이걸 잊고 있었어."

그리고 기어코 그 한 그릇을 비우게 될 거라고.

그것이 멀미를 일으킬 걸 알면서도.
그것 때문에 눈물이 쏟아질 걸 알면서도.

내가 소유하고 싶은 단 하나의 풍경은

_<소공녀> 속 '글렌피딕' 위스키

소공녀 / Microhabitat (2018)
전고운 감독
106분

지금 내가 사는 집에는, 어린 날의 내가 상상만 하던 크기의 창이 있다.

크레파스에 있는 '하늘색'이 거짓말이란 걸 이 집에 오고서야 처음 깨달았다. 하늘의 색은 한 가지가 아니라 시시각각으로 변한다. 특히 해 질 녘 노을빛은 어제와 오늘이 다르다.

그 풍경에 감격해 사진을 찍는 날이면, 찰칵 소리와 함께 떠오르는 얼굴이 있다.

미소가 예쁜 말간 얼굴의 소녀, '미소'.

영화 <소공녀>의 주인공 미소는 경력 3년 차 가사도우미다. 하루 벌어 하루 사는 흙수저 청춘이었어도, 위스키와 담배, 그리고 사랑하는 남자친구가 있기에 지금껏 그녀의 삶은 흔들림이 없었다.

그러나 새해가 되는 순간 위기가 찾아왔다. 담뱃값이 오르고, 집세가 오르고, 위스키 가격마저 올라버렸다. 변치 않는 거라곤 딱 하나, '사만 오천 원'이라는 그녀의 일당뿐이다. 벌이는 똑같은데 지출이 늘었으니 어찌해야 할까. 담배도 위스키도 포기할 수 없었던 그녀는 과감히 '집'을 포기하기로 결심한다.

월세방을 정리한 그녀는 자신을 재워줄 지인을 찾아다닌다. 아파트라는 감옥에 갇힌 동생, 취향을 숨긴 채 평수를 지키는 선배. 한때는 음악과 담배, 위스키에 취해 밴드를 하던 사람들이었지만, 이제 미소는 환영받지 못하는 객(客)이 되었다.

"주인공이 너무 이상했어요. 언제까지 그런 식으로 살 거야!"

영화 비평 수업을 들을 때였다. <소공녀>를 보고 난 사람들의 평이 갈렸다.

누군가는 격분했고, 누군가는 고개를 저었다. 나는 입을 다문 채 묵묵히 듣기만 했다. 하지만 마음 깊은 곳에서는 나의 목소리가 울려 퍼지고 있었다.

저도 이상한가요. 미소만큼 극단적이진 않지만, 저도 다르지 않은 걸요.

당시 그 수업의 수강료는 10만 원이었다. 마침 새해가 되어 오른 월급 인상 폭과 정확히 같은 금액. 여윳돈은 없었지만, 글을 쓰고 싶다는 갈증 하나로 나는 그 수업을 선택했다.

내 손으로 벌어 내 손으로 선택한 그 배움의 시간이 마냥 행복하기만 했던 건 아니었다.

보증금 300만 원과 500만 원 사이에서 한숨을 쉬던 날들, 통장을 비워가며 택했던 선택들. 그 선택들은 여러 번 나를 넘어뜨렸고, 뒤늦은 후회를 남겼다. '보통'의 삼십대에게 익숙한 단어들—적금, 청약, 연금, 보험—이 내 일상과 한 걸음 가까워지기까지는 꽤 오랜 시간이 필요했다.

그래서일까, 미소가 월세방을 구하러 다니는 과정은 내가 겪은 현실의 한 장면 같았다.

서울 야경 훤히 내다보이는 커다란 창이 달린 집을 청

소하며 돈을 버는 미소지만, 정작 자신이 지낼 방 한 칸 구하기는 쉽지 않다. 어떤 집에는 8절 스케치북만 한 창이, 또 어떤 집에는 A4용지만 한 창이 간신히 달렸다. 보증금이 낮아질수록 점점 더 작아지는 창.

도시에선 누구나 자기만의 '창'을 갖고 싶어 한다. 어떤 창밖 풍경을 소유하고 있는가는 곧 부의 척도이기도 하다.
그리고 나 역시 '창'을 갈망한다. 어린 시절, 한 줌 빛도 들지 않는 지하실 집에서 형광등 아래 하루를 보내던 그때, 눅눅해진 마음은 스스로를 다락방 소공녀로 여길 상상력마저 앗아가 버렸다.

앞으로의 삶은 어떨까.
미소에게, 나에게,
우리에게 허락될 창의 크기는 어느 정도일까?

영화가 결말에 다다를 즈음, 카메라는 미소가 있는 곳을 맞춰보라는 듯 서울의 곳곳을 보여준다. 초고층빌딩에서 달동네까지. 버스 안에서 바라보는 창밖 풍경처럼 다양한 주거 형태가 수평으로 길게 이어질 때, 불쑥 한 여자가 프레임 안에 등장해 유유히 걸어간다. 한 손에 담배를 들고 있는 미소.

　그녀가 향한 곳은 고층 아파트와 마주 보는 자리에 놓인 작은 텐트다. 그녀는 끝까지, 자신의 취향을 포기하지 않은 셈이다. '집이 그렇게 중요한가요? 진짜 소중한 건 눈에 보이지 않는 것 아닌가요?'라고 이 어린 공주는 천진하게 되묻고 있는 것만 같다.

　영화를 보고 나면, 미소가 즐겨 마시는 싱글 몰트 위스키 '글렌피딕(Glenfiddich)'의 맛이 궁금해진다. 공항 면세점 주류코너에 진열된 '글렌피딕'을 한참 바라만 보다 발길을 돌린 적도 있다. 면세가로도 엄두가 나지 않는, 나에게는 너무나 비싼 술이었다. 대체 얼마나 대단한 맛이길래 집을 포기할 정도란 말인가.

　정작 미소는 위스키의 맛과 향에 대해 단 한 줄의 대사도 읊지 않는다. 퇴근길 위스키 바에 들러 '글렌피딕' 한 잔을 마시는 미소의 모습은 사치스러운 미식 행위와는 거리가 멀었다. 그녀는 다만, 스노우볼 안의 황홀경을 관찰하는 어린아이처럼 유리잔 안을 차분히 들여다볼 뿐이다.

　미소는 다른 이의 유리창을 뽀득뽀득 닦아주고 번 돈으

로 위스키를 사 마신다.

매끄러운 곡선 형태의 유리 너머로 보이는 황금빛 향기로운 액체는 미소가 유일하게 갖고 싶어 하는 '창'이자 '풍경'이었다. 그 풍경을 한 모금씩 음미할 때마다 미소는 충분히 행복했으리라. 멋진 풍경을 소유한 도시의 그 어떤 존재들보다도 더.

<소공녀>의 영어 제목은 'Microhabitat'다. '미소(微小)서식환경'이라는 사전적 정의를 찾고 나니, 주인공의 이름이 미소인 이유가 명확해진다. 거대한 도시에서 방 한 칸 얻지 못하고 하루살이로 살아가는 주인공의 삶을 표현하기에 이보다 더 적절한 단어가 있을까?

그러나 어쩌면, '미소'는 우리 모두에게 부여된 이름일지도 모른다. 영화의 후반부, 장례식장 앞에 모인 다섯 명의 인물을 담은 롱쇼트에서 저 멀리 언덕 위에 세워진 묘비석들이 눈에 들어온다. 미소가 빠진 이 장면에서 아이러니하게도 도시라는 땅덩어리 위를 살아가는 인간들의 미소함이 가장 선명하게 느껴진다.

결국 우리는 생이 끝난 후 채 한 평도 되지 않을 공간 안에 자리 잡게 될 존재들이 아니던가. 집이 꼭 그렇게, 정말, 중요한 것일까.

그래, 알고 있다.

내게 필요한 건 싱글 몰트 위스키가 아니고, '한강 뷰'나 '오션 뷰'도 아니다.

햇볕 잘 드는 집에 산다고 해서 맘속이 저절로 환해지지는 않는다. 몇 번의 이사를 거듭하는 동안 이미 깨닫고 있었다. 어디에 살든, 어떤 풍경을 갖든, 내 마음에 드리워진 암막 커튼을 쉽사리 걷어낼 수는 없었다.

어둠 속으로 가라앉는 것 같은 우울을 느낄 때마다 나를 다시 숨 쉬게 한 것은 언제나 '글'이었다. 아팠던 기억을 종이 위에 토해내며 한바탕 울고 나면 가슴이 후련해졌다. 누군가에게 간절히 전하고 싶은 말이 있어 키보드를 두드리느라 밤을 꼬박 새운 날도 많았다.

전고운 감독 또한 책상에 앉아 영화의 초안이 될 한 문장을 쓰고 지우며 밤을 지새우기도 했을까. 호기심에 찾아본 <소공녀>의 시나리오[17] 속에는, 영화가 보여주지 않은 '진짜' 마지막 장면이 숨어 있었다.

---

17 전고운 시나리오집 <소공녀> (비단숲, 2018)

84. 텐트 안 / 밤

작은 조명등이 켜진 텐트 안이 나름 아늑하게 꾸며져 있다.

(…) 미소가 행복한 얼굴로 한 손에는 담배를 한 손에는 촛불을 든 채 편지를 쓰고 있다.

타고 있는 촛불은 꺼지지 않고.

편지 봉투가 화면에 잡히면 영어로 주소를 적는 미소의 손이 보인다.

TO. .... Hansol 한솔.

FROM. South Korea, Seoul......

미소의 손은 계속 주소를 써 나가지만 화면에는 촛불에 일렁거리는 Seoul까지만 보인다.

그리고 암전.

영화가 보여주는 아파트 단지 앞 작은 텐트는 위태롭고 또 외로워 보이지만, 막상 그 안의 미소는 아늑함을 느낀다. 그건 외부의 시선이 함부로 앗아갈 수 없는 미소만의 행복이다. 서울이라는 도시의 이름, 카메라가 닿지 못한 그 이후의 여백은 앞으로 이어질 삶을 상상케 한다.

나의 삶 또한 같지 않을까. 단지 지금 사는 집의 위치가 '부산'으로 시작할 뿐.

앞으로 주소는 계속해서 바뀔 것이고, 그 안에서 보내게 될 나의 시간도 말줄임표 같은 작은 점들을 계속해서 찍어가게 될 것이다.

지금은 노을을 바라볼 수 있는 거실에서 이 아름다운 한 폭의 그림을 내 것인 양 누리고 있지만, 풍경은 언제든 바뀔 수 있다. 창이 더 커지거나, 작아지거나. 혹은 벽으로만 둘러싸인 컴컴한 지하실로 되돌아가게 될지도 모르는 일이다.

그래도 절망하진 않을 것이다.

낮과 밤 사이 붉게 물든 하늘을 바라보는 이 순간의 감동을 오래도록 기억할 수 있다면,

언제고 집에 창이 사라진 날에도 함께 잔 부딪히며 유리 너머의 액체에 감탄할 수 있는 사람이 여전히 곁에 있다면,

마음의 창에 서리가 낄 때마다 <소공녀> 속 미소를 생각하며 글쓰기를 통해 스스로 답을 찾아갈 수 있다면. 나는 충분히 행복한 사람일 테니까.

오랜만에 책상에 앉아 노트북을 펼친다. 한글 프로그램을 띄우자 커서가 깜빡깜빡, 나를 향해 윙크한다.

어둑한 방 안, 텅 빈 화면이 푸르스름하게 빛난다.
어떤 풍경이 투영될지 알 수 없는 이 네모나고 하얀 창을, 가만히 들여다본다.

나를 나로서 존재하게 하는 유일한 '창'이, 지금 바로 눈앞에 있다.

영화로운 레시피④: 우리를 견디게 할 마법의 주문
_<체리 향기> 속 '바디'에게

Ta'm E Guilass / The Taste of Cherry (1998)
압바스 키아로스타미 감독
99분

Raindrops on roses and whiskers on kittens

Bright copper kettles and warm woolen mittens

Brown paper packages tied up with strings

These are a few of my favorite things……[18]

안녕, 바디.

당신이 잠에서 깨어났으리라 믿으며 편지를 씁니다.

---

18   영화 <사운드 오브 뮤직> OST <My Favorite Things>

저는 지금 영화 <사운드 오브 뮤직>에 나오는 노래 <My Favorite Things>을 흥얼거리고 있어요. 폭우가 쏟아지고 천둥번개 몰아치는 밤에, 겁에 질린 아이들을 위해 마리아 수녀님이 불러주는 노래죠. 이런 날에는 좋아하는 것들을 하나씩 떠올리다 보면 기분이 나아진단다, 하고 아이들을 달래면서요.

장미꽃 위에 맺힌 빗방울, 아기 고양이의 수염……. 마리아 수녀가 하나하나 읊어주는 '좋아하는 것들' 중에서도 특히 제 귀에 쏙 꽂히는 건 바로 이 부분이랍니다.

Cream colored ponies and crisp apple strudels
  Doorbells and sleigh bells and schnitzel with noodles

가사에 등장하는 '바삭한 애플 스트루델'과 '슈니첼'은 모두 오스트리아의 대표 음식이에요.

애플 스트루델은 얇게 민 반죽에 사과 조림을 얹고 돌돌 말아 구운 파이의 일종이고요, 슈니첼은 송아지고기를 넓적하게 펴서 튀긴 커틀릿이죠.

저는 오스트리아 출신 교수님께 애플 스트루델 만드는 법을 배운 적이 있어요. 반죽을 그냥 밀대로 미는 수준이 아니라 손가락의 지문이 비칠 정도로 아주 아주 얇게 늘려야 하더라고요. 교수님의 손놀림을 통해서 반죽이 끝없이 끝없이 늘어나는데, 나중에는 조리대 위에 투명한 천 자락을 올려놓은 것 같았어요. 거기에 사과 조림을 올려 돌돌 말아 구우면, 나비의 날개처럼 얇디얇은 파이 층이 입안에서 파삭파삭 부서지면서 따뜻하고 달콤한 사과 향기와 함께……

제 얘기를 읽다 보니 배고프시죠.

그런데, 있잖아요, 바디.

이건 그냥 제가 혼자 해본 생각인데요, 마리아 수녀가 떠올리는 애플 스트루델과 슈니첼은 단지 맛있기만 한 음식은 아닐지도 몰라요. 오스트리아 사람인 그들은 당시 나치의 지배를 피해 조국을 떠나야만 했으니까요.

'개한테 물려도, 벌에 쏘여도' 좋아하는 것들을 생각하다 보면 슬픔도 사라지게 될 거라는 이 노래에는 어쩌면, 그리운 음식을 생각하며 지금의 고통을 견뎌내 보자는 의지 또한 담겨 있는 건 아닐까요?

그래요.

<체리 향기> 속 주인공인 당신을 향해, 당신이 살길 바라며, 노인이 건넸던 말처럼요.

바디. 당신은 쓸쓸하고 황량한 풍경 속을 전진하며 계속해서 차를 몰았죠. 황토색 흙먼지가 자욱이 일어나는 거리에서 당신은 누군가를 찾고 있었어요. 당신의 부탁을 수락해 줄 누군가를요.

당신의 바람은 간결했어요.

오늘 밤 깊은 구덩이 안에서 당신이 잠들고 나면, 내일 아침 찾아와 이름을 두 번 불러줄 것. 당신이 대답을 한다면 구덩이에서 꺼내줄 것. 대답이 없다면, 시신 위로 흙을 스무 삽 퍼서 던져 줄 것.

그러나 첫 번째로 만난 군인 청년도, 두 번째로 만난 신학도도, 당신과 의견이 맞지 않았어요. 세 번째로 태운 노인에게 겨우 당신의 원하는 답을 들을 수 있었지요.

참 현명한 노인이었어요. 당신의 부탁에 흔쾌히 알겠다고 하고는, 당신을 향해 쉬지 않고 이야기를 시작했으니까요. 자신 역시 젊은 시절 자살을 계획한 적이 있었다면서,

그 계획이 실패로 끝난 건 정말 우연히 먹게 된, '체리 한 알' 덕분이었다고 말해요.

**"난 자살하려고 나왔지만
체리를 보고 마음이 바뀌었어요.
평범하고 보잘것없는 체리 한 개."**

그리고 노인은 계속 당신을 설득해요.

**"새벽에 태양이 떠오르는 모습을 보고 싶지 않나요?
붉게 노을지는 하늘, 더는 그런 게 보고 싶지 않은가요?"**

탐스럽게 잘 익은 체리 과즙, 산등성이에 떠오르는 태양, 학교 가는 아이들의 웃음소리, 달, 별, 솟아오르는 샘물…… 그건 노인이 당신에게 전하는 'Favorite Things'이었죠.

바디. 저에게도 'Favorite Things'이 필요해졌어요.
당신과 같은 고민을 한 사람이 제 가까이에도 있었다는 사실을 알게 되었거든요.

음독 소식을 듣고 병원으로 달려갔지만, 바로 만날 수 있는 건 아니었어요. 당시 중환자실에 들어가려면 코로나 19 음성 판정을 먼저 받아야 했고, 하루에 한 명, 그것마저 겨우 10분의 시간만 허락된다고 하더군요. 먼저 다녀온 이들의 말로는 아직 의식을 회복하지 못한 상태라고 했어요.

며칠 뒤, 마침내 내 차례가 되었어요. TV에서 본 것처럼 파란 부직포 모자로 머리카락을 꽁꽁 숨기고 우비 같은 비닐 옷을 입고 입장하려는데 정말 손발이 덜덜 떨리더라고요. 그렇게 난생처음 들어가 본 중환자실에서 그 사람과 눈이 마주쳤어요. 코와 목에 여러 줄의 호스가 연결된 상태에서, 무언가를 떼어내려는 듯 고개를 세차게 흔들고 있었지요. 화가 난 사람 같기도 겁에 질린 사람 같기도 했어요.

의료진 여럿이 달라붙어야 할 만큼 처절했던 그 몸부림이, 혹시 더는 붙잡지 말아 달라는 신호가 아닐까 두려웠어요. 많은 말을 준비했었는데 그냥 눈물만 쏟아지더라고요. 그 사람의 눈에서도 한 줄기 눈물이 흘러내렸어요.

그날 보았던 충혈된 눈.
그 속에 담긴 눈빛은, 바디, 당신의 것과 비슷했어요.

바디, 묻고 싶은 게 있어요.

캄캄한 밤, 깊고 차가운 흙구덩이 속에 홀로 몸을 누일 때, 당신은 무슨 생각을 했나요.

쿠르릉 천둥소리와 함께 부슬부슬 비가 내리기 시작하던 그 밤에, 무섭거나 슬프지는 않았나요.

당신을 만날 수 있다면 체리를 선물하고 싶어요.

그건 제가 마리아 수녀님을 위해 애플 스트루델을 굽고 싶은 것과 같은 마음이에요.

실제 애플 스트루델과 슈니첼의 모습은 등장하지 않는 영화 <사운드 오브 뮤직>처럼, <체리 향기> 또한 끝끝내 진짜 체리의 모습은 보여주질 않으니까요.

하지만 희망의 부재 속에서라야 더 간절히 희망을 그리게 되듯이, 체리 없는 풍경이기에 더 선명히 체리 향기를 느끼게 되었는지도 몰라요.

바디, 그래서 제가 발견한 게 하나 있어요.

당신이 노인과 헤어진 후 벤치에 앉아 하염없이 바라보던 하늘, 오렌지색으로 물들었던 하늘이 새카만 어둠으로 변하던 그 찰나에, 동그란 해는 거짓말처럼 선명한 붉은 빛을 띠고 있었어요.

검은 하늘 한가운데 박힌 작디작은 태양.

그게 제가 이 영화에서 찾은 체리예요.

우리를 살고 싶게 하는, 기적 같은 동그라미 하나.

침대에 누워 있던 그 사람은 저를 보며 무슨 생각을 했을까요.

혹시 제가 누군가의 체리 한 알이 되기엔 부족했을까요.

바디. 부디 당신이 깨어 이 편지를 읽고 있기를 바라요.

저는 알고 있거든요. 당신이 노인의 일터까지 찾아가 거듭했던 부탁, 그 안에 담긴 간절함을요.

내일 아침 구덩이가 있는 곳으로 찾아오길 여러 번 당부하던 당신의 말에서 진짜 중요한 부분은, ‘내 시신 위로 흙을 던져 주세요’가 아니라 ‘내 이름을 두 번 불러주세요’였다는 사실을요.

그 사람 역시 그랬길 바라요.

저를 보고 커다래진 눈동자와 더 격렬해진 몸부림. 그 안에 담긴 의미가 '나를 두 번 불러 줘', '내가 대답할 때까지 흔들어 깨워 줘'였기를.

혹은, 그 의미가 아니었다 할지라도,

저는 차분히 이야기하고 싶어요.

폭풍우 치는 밤에 내가 떠올리는 것들을.

뷰파인더 너머의 어설픈 윙크

추억으로 빼곡한 네 권의 앨범

출출한 밤중에 튀겨 먹는 건빵

바삭바삭 소리와 입가의 설탕

초여름 바다로 드리운 낚싯대

잔잔한 물결 위 부서지는 햇빛

노릇한 오겹살에 한라산 소주

서로의 잔이 쨍하고 맞닿는 순간

마리아 수녀님이 그랬던 것처럼, 노인이 당신에게 해주었던 것처럼,

계속해서 들려줄 거예요.

누군가에게 희망의 주문이 될 말들을 끝없이, 끝없이.

[Act IV] 지나온 후에야 더해지는 양념 하나

그리고 바디.

우리 약속 하나만 해요.

오늘이 마지막이 아니라고.
내일 뜨는 태양도 꼭 다시 보겠다고 말이에요.

이제, 빛을 향해 나아갈 시간

_<와일드> 속 차가운 오트밀 죽

Wild (2015)
장 마크 발레 감독
119분

영화가 끝나면, 상영관에는 불이 켜진다.

나는 불이 막 들어오는 그 순간의 공기를 좋아한다.

약간의 웅성거림. 어떤 이들은 바로 자리에서 일어나기도 하고, 어떤 이들은 "아, 졸려서 혼났네."하며 기지개를 켜거나 "어땠어?"하고 연인의 반응을 확인하기도 한다. 얼음이 거의 녹아버린 콜라 한 모금을 쪼르륵 빨면서, 바닥에 놓여 있던 팝콘 통을 집어 밖으로 향하는 사람들.

하지만 또 어떤 이는 자리에서 일어나지 않고 엔딩 크레딧을 확인하기도 한다. 내가 바로 그런 사람 중 하나다.

떠나지 못하고, 검은 화면 속 하얀 글자들이 올라가는 모습을 멍하니 바라보는 사람.

나는 기운이 쏙 빠진 사람처럼 넋을 잃고 앉아 있다. 감정을 추스르지 못하고, 훌쩍 쿨쩍 눈물을 닦고 코 먹는 소리를 내면서.

그중에서도 가장 여운이 길었던 영화가 무엇이냐고 묻는다면, 그 답은 단연 <와일드>다.

<머니볼>이 나의 영화관 아르바이트생 시절을 상기시킨다면, <와일드>는 관객으로서의 기억이 생생한 영화다. 나는 객석에 앉아 거의 통곡하듯이 어깨를 떨면서 울었고, 한참을 자리에서 일어나지 못했다.

<와일드> 속 주인공 '셰릴'은 유일한 안식처였던 엄마를 잃고 나서 겉잡을 수 없이 망가져 버린 자기 자신을 바로잡기 위해 PCT(퍼시픽 크레스트 트레일) 횡단을 시작한다. PCT는 미국 서부 산맥을 따라 최남단에서부터 최북단에 이르기까지 4,285km에 이르는 장대한 자연 속을 가로지르는 여정이다.

그녀는 '몬스터'라 불릴 정도로 거대한 짐가방을 메고

묵묵히 걸어나간다. 어깨를 짓누르고 허리를 휘게 만드는 그 짐은 마치 한 인간이 생존을 위해 마땅히 짊어져야 할 무게의 은유처럼 보인다.

그러나 짐이 아무리 무거워도, 허기를 채우는 일조차 쉽지 않다. 가스 연료를 잘못 챙겨온 탓에 버너에 불을 붙일 수 없었던 것이다. 그녀는 냄비에 오트밀을 넣고, 그걸 물에 불려서 먹는다. 차가운 오트밀 죽이다. 익히지 않아 까끌거리는 곡물이 입에 맞을 리 없지만 그녀는 자신에게 최면을 걸듯 "난 차가운 죽이 좋아"라고 되뇌인다. 꾸역꾸역 그 오트밀 죽을 떠먹는다. 냄비 바닥까지 싹싹 긁는다.

금속 냄비 바닥을 수저가 긁어대는 소리. 허기진 위장. 다급한 입술. 수저를 꽉 붙든 손.

두려움에 찬 눈으로 냄비 바닥을 긁는 셰릴의 모습은, 내 인생 가장 허기졌던 어느 순간을 떠올리게 한다.

나는 야생의 자연이 아니라 사방이 벽인 원룸에 있었다. 바닥은 차가웠다. 나는 셰릴처럼 책상다리를 하고 앉아 숟가락으로 냄비 바닥을 긁어대고 있었다. 눈앞에 놓인 건 미역죽이었다. 차가운 미역죽.

도시가스 요금을 몇 달째 내지 못해 가스가 끊겨버리고 온수도 난방도 되지 않던 겨울이었다. 나는 가스불이 켜지지 않는 주방 가스레인지 대신 야외용 버너로 라면을 끓여 먹었는데, 어느 날은 그 라면마저 다 떨어져버렸다. 다행히 쌀은 조금 남아 있었고, 싱크대 선반 한 구석에서 건미역을 발견했다.

얼마 남지 않은 부탄가스 연료와 얼마 남지 않은 쌀, 그리고 마른미역 부스러기. 다행히 끊기지 않은 수돗물. 나는 그것들로 죽을 끓이기 시작했다. 양은 냄비는 열을 금세 전달했고, 끓어오르는 물 속에서 마른 미역도 금세 불어나기 시작했다. 조개 육수도 소고기 육수도 아닌, 하다못해 다시다 가루도 넣지 않고 끓이는 미역죽이지만 냄새를 맡고 있자니 배꼽 아래까지 꾹꾹 눌러둔 허기가 목구멍으로 튀어나올 것 같았다. 그리운 미역국 향이 났다.

나는 그 미역죽을 서너 숟갈 떠먹다 눈물을 흘렸다. 맛이 정말 형편없었다. 그래도 입에 머금고 꼭꼭 씹다 보면 비릿한 바다 향과 구수한 맛이 느껴졌다. 그 냄비를 그대로 냉장고에 넣었다가, 다음 날 다시 꺼내먹었다. 부탄가스마저 떨어질까 봐 데울 수도 없었다. 남은 걸 다시 냉장고에 넣었다가, 또 다음 날에 꺼내 먹었다.

한 숟갈 한 숟갈이 입안에 들어올 때마다, 내 삶이 돌이킬 수 없을 정도로 바닥까지 처박혀 버렸음에 몸서리치면서도, 끝내 숟가락은 내려놓을 수가 없었다. 배가 고팠다. 나는 살고 싶었다.

그리고 다음 기억은 밀린 도시가스 요금을 내던 날. 가스불이 켜지고 온수가 들어오던 날. 나는 뜨거운 물이 펑펑 쏟아지는 샤워기를 뒷목에 가져다 대고 한참 동안 물줄기를 맞았다. 몸 안에 피가 도는 걸 실감했다. 데워진 온기가 손끝 발끝으로 저릿저릿하게 퍼져나가고 있었다. 그때, 그 '살았다'는 기쁨.

셰릴은 하루에 8~11킬로미터를 걷는 여정을 계속하다, 9일째 되던 날에 제대로 된 연료를 산다. 불을 발견한 태초의 인류처럼 조심조심 버너에 불을 붙이고, 뛸 듯이 기뻐한다. 그리고 그날 이전과는 다른 표정으로 '따뜻한' 오트밀 죽을 먹는다. 사방에는 어둠이 깔리고 이름 모를 야생 동물들이 곳곳에서 울음소리를 내지만, 냄비와 숟가락을 쥔 그녀는 두려움을 모른다. 한 마리 늑대 같은 울음소리를 따라 내지르면서 냄비를 싹싹 비운다.

"'길 잃은' 할 때 '스트레이드(strayed)'요."

남편과 이혼 후, 셰릴은 자신에게 '스트레이드'라는 새로운 성을 붙인다.

사전에는 '스트레이드'의 뜻이 이렇게 나열된다. 올바른 길에서 벗어나다, 직행 코스에서 벗어나다, 길을 잃다, 야생이 되다, 어머니나 아버지 없이 지내다, 집 없이 지내다, 무언가를 찾아 정처 없이 돌아다니다, 빗나가거나 탈선하다…….

어머니를 잃고 걷잡을 수 없이 망가진 채로 살아가다 길 위에 선 셰릴의 모습을 설명하기에 이보다 더 적확한 단어가 있을까. 길 잃은, 스트레이드.

하지만 이 단어의 뜻은 나의 한 시절을 떠올리게 한다.

목표도 방향도 흐릿해져버린 꿈, 스스로를 갉아먹는 연애, 체납 고지서와 납부 독촉 문자, 차가운 방바닥, 곳곳에 널브러진 옷가지들, 말라가는 몸, 밖으로 나갈 때면 자꾸 더 짙어지던 화장, 생리대 하나 살 돈이 없으면서 자꾸 술에 의지하던 나날,…….

스스로를 망가지게 내버려 두었으면서도, 형편없어진 자신을 혐오하면서도, 그래도 스스로를 완전히 포기하지는 못하고 밥을 떠먹이고 노트에 글자들을 적으며 어찌어찌 살아왔던 '스트레이드'의 시간들.

철이 없었다, 는 말로 그 시절의 나를 설명하기엔 무언가 부족하다는 느낌이 든다. 나는 그때의 기억을 머릿속에서 지워버리고 싶었는지도 모른다. 실제로 이십대 중후반의 기억은 모조리 뚝뚝 끊겨 있다. 순서 앞뒤가 흐트러져 있다. 나는 내가 살았던 그 시간들을 필름처럼 펼쳐놓고 조각조각 가위질해 휴지통에 던져버렸던 걸지도 모른다.

그런데도, 방 한가운데서 냄비 바닥을 긁던 그 순간의 기억만큼은 여전히 선명하다. 지워버리려 해도 지워지지 않고 내 안에 남아 있다.
심지어 기억은 더 생생해진다. 냉장고는 옷장처럼 방 안에 있었고, 자려고 이불 깔고 누우면 냉장고의 우우웅 소리가 바닥을 타고 내 귀에 울렸다. 그 우우웅 소리를 들으며 나는 생각했다. 저 안에 미역죽이 있다. 적어도 내일 하루까지는 난 먹을 수 있다. 앞으로 며칠은 굶어 죽지 않을 것이다.

슬픔의 황야에서 자신을 잃어버린 후에야
숲에서 빠져나오는 길을 찾아냈다.

영화의 말미에서 PCT 횡단의 종착지 '신들의 다리'에 닿은 후, 셰릴의 독백이 흘러나온다. 자신은 몇 년 후 새로운 남편을 만나 이곳에서 식을 올리고, 아들과 딸을 낳게 된다는. 나는 궁금해진다. 그녀는 과연 자신의 딸에게, 길 위에서 어떤 말을 들려주게 될까.

엄마처럼 부끄러운 삶을 살지 마, 라는 말은 아니었으리라고 나는 확신한다.

누구나 한 번쯤은 스스로의 힘으로 외로운 길을 완주해야 한단다.

네가 모르는 사이에 부끄러운 일도 저지르게 될 거야. 스스로가 한심해서 견딜 수 없을 정도로, 괴롭고 비참한 순간들도 겪게 될 거야. 하지만 돌이켜보면, 그 암흑 같던 나날들 속에서 경험한 생생한 감각들이 오히려, 밝은 곳을 향해 걸어가게 하는 원동력이 되어주기도 했단다. —와 같은 메시지를 담은 말은 아니었을까.

내가 지나온 길을 돌아본다.

비틀비틀 휘청거렸던, 때로는 제자리걸음 같았던, 어둠 속에서 겁에 질려 더듬거리던 날들.

누군가는 알 것이다.

내가 번 돈으로 쌀을 사고 내가 번 돈으로 한 달에 한 번 수도세를 내고, 내 손으로 직접 차린 밥상 앞에 앉아 본 경험이 있는 사람들이라면 알 것이다.

4,285km는커녕 이 도시에서 생존해 나간다는 것 자체가, 혼자의 힘으로 바로 서서 살아간다는 것 자체가, 결코 녹록지 않은 일임을.

그럼에도 운동화 끈을 단단히 조여 매듯이 스스로의 마음을 다잡던 날들이 있었다.

숲과 계곡이 우거진 자연, 무더운 여름과 꽁꽁 얼어붙은 겨울이 공존하는 땅. PCT를 횡단하는 셰릴의 여정에 비할 바는 아니지만, 아득하고 막막한 이 회색빛 도시의 주인공으로 살아가기 위해 끝내 완전히 주저앉지는 않고 다시 일어서던 날들이 있었다.

얇은 솜잠바 하나로 겨울을 나면서도, 사발면 하나로

하루를 버티면서도, 나는 어떻게든 나의 길을 완주하기 위해 어디론가 나아가고 있었다.

꽤 오랫동안, '차가운 미역죽'은 내게 수치스러운 기억이었다. 내 실패한 이십대의 상징이었다.
그러나 이제 '차가운 미역죽'은, 주인공으로서 내가 꼽는 내 인생 최고의 씬에 자리한 음식이 되었다.

<와일드>는 슬며시 내 등을 어루만진다.
이제 걸어나가야 할 시간이라고.

이 어둠 속에선 얼마든지 울어도 괜찮으니, 영화가 끝나면, 다시 빛을 향해 뚜벅뚜벅 나아가라고.

여전히 앞은 막막해 한 걸음을 떼기가 쉽지 않지만,
삶의 주인공으로서 내가 봐야 할 엔딩이 남아 있다.

나는 심호흡을 하고,
자리에서 일어선다.

"……And she lived,
not happily ever after,
but bravely ever after."

Fin.

세상 모든 것에 감탄하는
지혜로운 사람들의 공간
도서출판 호밀밭

어둠 속
한 줌의 팝콘처럼

ⓒ 2025 김미양

초판 1쇄	2025년 12월 29일
지은이	김미양
편집	정진리
디자인	서승연
마케팅	최문섭
경영지원	김태희
펴낸곳	㈜호밀밭
펴낸이	장현정
등록	2008년 11월 12일(제338-2008-6호)
주소	부산광역시 수영구 연수로357번길 17-8
전화	051-751-8001
팩스	0505-510-4675
홈페이지	homilbooks.com
전자우편	homilbooks@naver.com
ISBN	979-11-6826-221-8(03810)

※ 이 책 내용의 전부 또는 일부를 재사용하려면 반드시 저작권자와 출판사의 동의를 받아야 합니다.
※ 가격은 뒤표지에 표시되어 있습니다.
※ 이 책은 2025년 부산광역시, 부산문화재단 <부산문화예술지원사업>으로 지원을 받았습니다.